KB142369

수학탐정단과
피타고라스

수학탐정단과 피타고라스

청소년 수학소설 십대들의 힐링캠프, 중학수학(2학년 2학기)

[십대들의 힐링캠프®] 시리즈 **NO.48**

지은이 ｜ 박기복
발행인 ｜ 김경아

2022년 7월 10일 1판 1쇄 인쇄
2022년 7월 17일 1판 1쇄 발행

이 책을 만든 사람들
책임 기획 ｜ 김경아
기획 ｜ 김효정
북 디자인 ｜ KHJ북디자인
표지 삽화 ｜ 발라
교정 교열 ｜ 좋은글
경영 지원 ｜ 홍종남

이 책을 함께 만든 사람들
종이 ｜ 제이피씨 정동수·정충엽
제작 및 인쇄 ｜ 천일문화사 유재상

청소년 기획위원
정가인, 양태훈, 양재욱

출간 전 베타테스터
김서진(효명중학교 3학년)

펴낸곳 ｜ 행복한나무
출판등록 ｜ 2007년 3월 7일. 제 2007-5호
주소 ｜ 경기도 남양주시 도농로 34, 301동 301호(다산동, 플루리움)
전화 ｜ 02) 322-3856 팩스 ｜ 02) 322-3857
홈페이지 ｜ www.ihappytree.com
도서 문의(출판사 e-mail) ｜ e21chope@daum.net
내용 문의(지은이 e-mail) ｜ yesreading@gmail.com
※ 이 책을 읽다가 궁금한 점이 있을 때는 지은이 e-mail을 이용해 주세요.

ⓒ 박기복, 2022
ISBN 979-11-88758-49-4
"행복한나무" 도서번호 : 150

수학탐정단과
피타고라스

박기복 지음

설정 해설

이 소설은 수학탐정단 시리즈 3권(중2-1) 『수학탐정단과 방정식의 개념』에서 이어지는 이야기입니다.

이 소설은 현실 세계가 아니라 메타버스 세계를 배경으로 펼쳐진다. 메타버스(metaverse)는 '더 높은', '초월한'을 뜻하는 메타(Meta)와 '우주', '경험 세계'를 뜻하는 유니버스(Universe)가 더해진 말로, 가상과 현실이 뒤섞인 디지털 세계, 새로운 세계를 뜻한다. 메타버스를 한마디로 정의하면 '아바타(Avatar)'로 사는 세상이다.

아바타(*Avatar*)는 원래 힌두교에서 지상에 내려온 신의 분신을 뜻하는 용어다. 인터넷에서는 본인이 아닌 분신을 지칭하는 용어로 쓴다. 넓게 보면 인터넷에서 사용하는 별칭, *SNS* 등에서 자신을 나타내는 데 쓰는 사진, 게임에서 사용하는 캐릭터 등도 모두 아바타다.

소설 속 아바타는 현실 인간과 신경연결망을 통해 이어진다. 신경연결망은 아바타를 조종하는 현실 사람과 메타버스에서 움직이는 아바타를 연결하는 전자장치다. 아바타가 느끼는 감각을 실제 현실에서도 그대로 느끼게 하며, 현실 사람이 표현하는 감정과 동작을 아바타에 그대로 전한다. 감각이 결합하는 정도는 사용자가 자유롭게 설정할 수 있다.

아바타는 현실에 사는 사람과 마찬가지로 일정한 힘을 계속 충전해야 한다. 아바타를 유지해 주는 힘을 지칭하는 용어가 '알짜힘'이다. 알짜힘이 사라지면 메타버스에 사는 아바타가 소멸하고, 아바타가 찬 아이템팔찌에 보관된 아이템도 같이 소멸한다. 별도의 개인보관함에 둔 아이템은 사라지지 않는다. 다시 로그인을 하면 메타버스에 같은 아바타로 접속이 가능하며, 개인보관함에 있는 아이템으로 꾸미기가 가능하다. 아바타가 소멸되지 않게 하려면 줄어든 알짜힘을 회복하게 해 주는 생체물약을 복용해야 한다.

차례

등장인물 소개

※ 모든 등장인물 이름은 메타버스 안에서 쓰는 별칭이다.

수학탐정단   연산균, 고난도, 황금비, 미지수지, 나우스가 단원이며, 연산균이 모둠장이다. 메타버스 안에서 벌어지는 수상한 음모를 수학으로 파헤친다.

고난도   희귀한 아이템을 즐겨 모으는 수집광이다. 관찰력이 매우 뛰어나고, 한정판이 걸리면 능력치가 한없이 올라가 평소에 못 했던 일들도 손쉽게 해낸다.

황금비   한때 전투행성에서 유명했던 최강 전사다. 특별한 사건을 겪은 뒤 잠시 청소년 구역에서 평범하게 지내는 중이다. 사건이 터지자 최강 전사로서 실력을 서서히 발휘한다.

연산균   수학탐정단을 이끄는 모둠장이다. 모자를 좋아해서 다양한 모자를 수집하고, 늘 모자를 쓰고 다닌다. 마음씨는 착하지만 소심하고 눈치를 많이 본다.

미지수지　모델처럼 외모를 독특하게 꾸미길 좋아한다. 남들 눈치를 보지 않고 자기 색깔을 고집하며 손에는 늘 거울을 들고 다닌다.

나우스　새로운 아이템으로 아바타 외모를 끊임없이 바꿔나가는 걸 좋아한다. 실력을 제대로 선보인 적은 없지만 대단한 실력자로 평가받는다.

비례요정　연산균 일행과 사사건건 부딪치는 정체를 모를 여성 아바타다. 팔다리가 길고 키가 큰 팔등신 몸매인데, 립스틱으로 입술 모양을 그린 마스크를 늘 쓰고 다닌다.

너클리드　비례요정과 함께 나타나는 수상한 남성 아바타다. 몸이 작고 통통하며 늘 복면을 쓰고 두 눈만 내놓고 다닌다.

피타고X　비밀조직을 이끄는 두목을 지칭하는 암호명이다. 실제로 누구인지 아무도 모르며 강력한 비밀 무기를 이용해 거대한 음모를 꾸미고 있다.

제곱복근　흰색 반소매 상의에 검은색 반바지만 입고 다니는 아바타다. 겉모습을 전혀 꾸미지 않고 다니며, 정체도 능력도 미지수다.

01. 삼각형 망토를 입은 뱀파이어

: 삼각형의 성질 :

메좀비(메타버스 좀비) 눈은 온통 보라색이었다. 이마에는 검붉은 피가 흘렀으며, 툭 튀어나온 광대는 푸르게 멍이 들었고, 시뻘건 핏물이 흐르는 이빨은 뱀파이어처럼 날카로웠다. 머리카락은 푸석푸석하고 어깨는 구부정하며 손은 축 처졌는데 손톱은 유난히 길었다. 낡은 청바지와 허름한 신발, 곳곳이 해진 윗도리는 응달진 도시를 떠도는 노숙자 같았다. 메좀비가 여느 좀비와 다른 점은 바로 귀였다. 형태가 요정처럼 뾰족한데 작은 소리에도 예민하게 반응했다. 마치 강아지 귀처럼 끊임없이 움직이며 주변에서 나는 소리를 잡아냈다.

메좀비는 점점 빨라지더니 마치 육상선수처럼 뛰어왔다. 고난도는 주춤주춤 뒤로 물러났는데 황금비는 양손에 움켜쥔 은빛 검을 휘두르며 메좀비를 향해 달려 나갔다. 메좀비도 빨랐지만, 황금비는 더 빨랐다. 믿기지 않을 만큼 빠른 속도로 은빛 검이 공간을 갈랐고, 메좀비 몸통을 찢었다. 살이 갈라지고 검붉은 피가 옷을 적셨다. 황금비는 재빠르게 몸을 굴리며 메좀비 다리를 걸어 균형을 잃게 한 뒤에 옆구리를 걷어찼다. 메좀비는 피를 뿜으며 옆으로 나가떨어졌다. 핏물이 자갈 사막에 뿌려졌다. 메좀비는 고개를 저으며 다시 몸을 일으켰다. 가슴에 칼이 베인 자국이 여섯 곳이나 있었다. 그런데 스멀스멀 흐르던 핏물이 멈추고 갈라진 살이 바로 아물었다. 찢어진 옷에 묻은 핏물이 아니라면 조금 전에 칼에 베인 흔적은 찾아볼 수 없었다.

메좀비는 뱀파이어처럼 이를 드러내고 손톱을 치켜세우더니 황금비에게 달려들었다. 황금비는 메좀비 다리 사이로 파고들며 양쪽 아킬레스건을 자르고, 등을 서너 번 잇달아 찌른 뒤에 목을 좌우에서 한꺼번에 쳤다. 메좀비 발목이 갈라지고 등에서 피가 솟구쳤다. 그러나 목에는 핏물 자국만 날 뿐 단단한 금속에 부딪힌 듯 칼이 튕겨 나갔다. 갈라진 살은 금방 아물었고, 메좀비는 빠르게 회전하며 뾰족한 손톱을 휘둘렀다. 황금비가 워낙 날렵했기 때문에 메좀비가 펼치는 공격은 황금비 옷자락 하나 건드리지 못했지만, 황금비가 펼치는 공격도 메좀비에게 타격을 주지 못하기는 매한가지였다. 시간이 흐를수록 메좀비 움직임이 빨라졌고, 황금비는 점점 궁지에 몰렸다. 황금비가 큰 바위 아래로 몰렸을 때 제곱복근이 메좀비 허리춤을 잡아서 집어던지지 않았다면 황금비에게 큰 위기가 닥칠 뻔했다. 제곱복근이 워낙 강한 힘으로 던졌기에 메좀비는 처음

나타났던 곳까지 밀려났다.

황금비   이대로는 얼마 못 버텨. 도망치자.

고난도는 그 말이 떨어지자마자 있는 힘껏 달렸다. 바닥이 온통 돌이라 롤러블레이드를 사용하지 못하기에 그냥 뛸 수밖에 없었다. 메좀비가 곧바로 추격해 왔는데 달리는 속도가 엄청났다. 거의 잡히려고 할 때마다 황금비와 제곱복근이 힘을 합쳐 떨쳐 내면서 도망을 쳤다. 그런데 메좀비는 공격을 받으면 받을수록 점점 강해져서 충돌이 거듭될수록 떨쳐 내는 데 점점 오랜 시간이 걸렸다. 나중에는 은빛 검이 피부에 작은 상처조차 내지 못했다.

정신없이 도망을 치는데 깊이를 헤아리기 두려울 만큼 깊은 벼랑과 험악한 절벽이 더는 도망치지 못하게 가로막았다. 벼랑 아래로 내려갈 수도, 절벽을 오를 수도 없었다. 다행히 벽에 선반을 달아 놓은 듯이 절벽에 잔도가 설치되어 있었다. 매우 위태롭게 보이는 잔도였지만 머뭇거릴 여유는 없었다. 잔도는 위쪽에는 $1m$쯤 되는 나무 막대기를 일정한 간격으로 바위에 박고, 아래에는 짧은 막대를 박은 뒤, 직각삼각형 형태로 아래에서 위로 받치는 구조였다.

나무 막대기와 막대기 사이는 평평한 널빤지로 연결했는데 아래로 떨어지지 않도록 보호하는 난간을 설치하지 않아서 아차 하면 벼랑 아래로 떨어질 위험이 있었다. 절벽이 울퉁불퉁한 데다 난간도 없어서 빠르게 도망치기 어려웠다. 잔도에 들어선 메좀비는 처음에는 느렸지만, 길에 익숙해지자 점점 빨라졌다. 가만히 보니 낯선 상황에 처음에는 잘 적응하지 못하지만 뛰어난 학습 능력으로 빠르게 능력이 향상되는 듯했다.

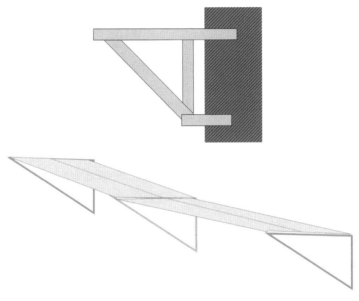

제곱복근   이대로는 따라잡히겠어.

제곱복근은 바닥에 설치된 나무판자를 온 힘을 다해 뜯어냈다. 나무판자를 박은 못은 그리 굵지 않아서 쉽게 뜯겨 나갔다. 나무판자가 제거되니 직각삼각형으로 고정된 구조물만 남았다. 서너 곳을 그렇게 제거하면서 이동했다. 절벽에 설치된 나무 막대기와 막대기 사이가 제법 멀었기에 아무리 메좀비라도 건너뛰기에는 무리가 있었다. 메좀비는 주위를 두

리번거리더니 절벽을 기어올랐다. 바위 틈새에 손톱을 끼워서 절벽을 타고 오르는데 워낙 바위가 험해서 이동 속도가 매우 느렸다. 제곱복근은 나무판자 세 곳을 더 뜯어내고는 황금비와 고난도 뒤를 따랐다.

잔도가 끝나는 지점에는 전봇대처럼 생긴 기둥 두 개가 $1m$ 간격을 두고 위로 치솟아 있었다. 기둥에는 일정한 간격으로 구멍이 뚫렸는데 구멍 크기는 굵은 밧줄 하나가 통과할 만했다. 기둥이 있는 곳은 삼각형 꼭짓점처럼 뾰족한 데였는데 잔도가 끊겨서 더는 이동할 수가 없었다. 기둥 바로 옆에는 낡은 문이 바람에 흔들리며 삐걱댔다. 깊이를 헤아리기 힘든 낭떠러지여서 아래로 내려갈 방법도 없고, 절벽은 $90°$로 가파르고 험해서 위로 올라갈 수도 없었다.

황금비   길이 끊겼어.

제곱복근   이 기둥은 도대체 뭐지?

고난도   다리가 있었는데 부서진 모양이에요.

제곱복근   다리라고?

고난도   왼쪽을 보세요. 잔도가 이어져 있잖아요. 단단한 콘크리트 구조물도 보이고.

황금비   그러네. 반대쪽에는 터널이야. 터널과 잔도를 잇는 다리가 있었는데 어떤 이유인지 모르지만 부서졌어.

제곱복근   뒤에서 메줌비는 쫓아오고, 다리는 사라졌고, 난감하군.

고난도는 주변을 두리번거리더니 삐걱거리며 흔들리는 낡은 문을 잡아당겼다. 제법 큰 동굴이었다. 먼지가 뿌옇게 내려앉기는 했지만, 물품이 깔끔하게 정돈되어 있었다. 물품은 딱 두 가지뿐인데 하나는 레고처럼 생긴 강화 플라스틱 조각이고, 다른 하나는 밧줄이 감긴 원통이었다.

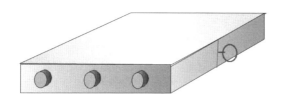

강화 플라스틱 조각은 가로세로 길이가 $1m$이고, 두께는 $30cm$인 정육면체였다. 좌우 옆면에 끈을 묶을 수 있는 고리가 각각 달린 점만 여느 레고 조각과 달랐다. 원통은 지름 $50cm$에 길이가 $1m$인 원기둥 나무인데 굵은 밧줄이 빼곡하게 감겨 있고, 원기둥 끝은 지름이 $2m$쯤 되는 원판이 고정되어서 원기둥에 감긴 밧줄이 밖으로 벗어나지 않도록 막아 주었다. 밧줄이 감긴 원통은 열 개, 레고처럼 생긴 강화 플라스틱 조각은 100개가 차곡차곡 쌓여 있었다.

고난도   다리를 만들자.

황금비   플라스틱 조각이 레고처럼 생겼다고 해서 끼워 넣으면 다리가 되지는 않아.

고난도	사장교[1] 형태로 만들면 돼.
황금비	사장교라니?
고난도	가운데 주탑을 높이 세우고, 강한 케이블로 교량을 지지하는 다리를 사장교라고 해. 레고 조각을 조립하듯이 끼우고, 기둥과 고리를 밧줄로 이어서 지탱하게 하면 사장교와 똑같은 모양이 돼.
황금비	한쪽으로만 다리를 만들면 무게가 쏠릴 텐데….
고난도	그러니까 양쪽에서 동시에 플라스틱 조각을 끼우고 밧줄로 고정해야지. 제곱복근은 힘이 세니 혼자서 충분히 강화 플라스틱 조각을 옮길 수 있고, 우리 둘이 힘을 합치면 저 정도는 옮길 수 있을 거야. 기둥에 구멍이 뚫렸으니 밧줄은 그 구멍에 끼워 넣기만 하면 돼.
황금비	가까운 곳은 우리가 밧줄을 구멍에 넣으면 되지만 높은 곳은….
고난도	자롱이가 할 수 있어. 그치?

---

1 사장교(斜張橋, *Cable Stayed Bridge*)

교각 위에 세운 높은 주탑에서 사선으로 뻗은 케이블로 교량을 지탱하는 다리. 주탑에 연결된 케이블이 교량을 직접 잡아당기는 형태로 이등변삼각형의 성질을 이용한다. 우리나라를 대표하는 사장교는 인천대교, 서해대교, 올림픽대교 등이 있다.

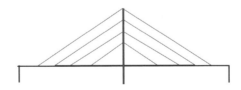

자룽이   자룽이 가능함. 자룽이 그 정도 힘은 있음.

제곱복근   결정했으면 빨리하자. 메좀비가 언제 들이닥칠지 몰라.

제곱복근이 다리 왼쪽을 맡고 황금비와 고난도가 오른쪽을 맡기로
했다. 밧줄을 잘라서 기둥에 끼운 뒤에 양쪽으로 팽팽하게 잡아당겼다.
그런데 첫 조각을 놓고 보니 밧줄 길이가 조금 달랐다. 사장교 주탑 역할
을 하는 기둥 오른쪽으로 작은 바위가 튀어나온 탓이었다.

고난도   밧줄 길이가 정확히 같아야 해. 처음에는 괜찮겠지만 주탑
            에서 멀어졌는데 지탱하는 밧줄 길이가 다르면 밧줄과 교량
            이 만나는 각도가 달라지고, 각도가 달라지면 교량을 버티
            는 힘이 달라서 균형을 잃고 한쪽으로 쏠릴 수도 있어.

황금비   그러니까 두 변의 길이가 같은 이등변삼각형을 만들어야 하
            네. 밧줄 길이를 정확히 같게 하면 밑각 두 개가 완벽히 같
            고, 둘로 나뉜 밑변의 길이도 정확히 같으니까 양쪽으로 잡
            아당기는 힘이 같겠지.[2]

---

2 이등변삼각형의 성질.
   ● 두 밑각의 크기가 같다.
   ● 꼭지각의 이등분선은 밑변을 수직 이등분한다.
     (증명) 빗변의 길이가 같고, 이등분하는 선분을 공유하고,
     이등분된 꼭지각의 크기가 같으므로 SAS 합동이다.
     따라서 두 밑변과 밑각의 크기는 각각 같다.

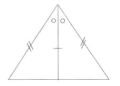

그래 맞아. 사장교 주탑을 중심으로 양쪽에 직각삼각형 두 개가 나오고, 그 두 직각삼각형이 정확히 합동이 돼.[3] 사장교 는 이등변삼각형의 성질을 이용해서 만드는 다리야.

고난도

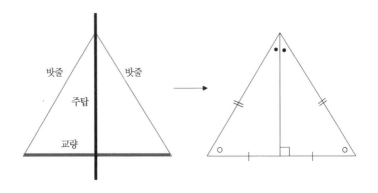

---

3 직각삼각형의 합동조건.

● 빗변의 길이와 한 예각의 크기가 각각 같으면 서로 합동.

(증명) $\triangle ABC$, $\triangle DEF$에서 $\angle A = \angle D = 90°$, $\angle B = \angle E$이라고 할 때, $\angle C = \angle F$는 같다. 왜냐하면 $\angle B + \angle C = 90°$, $\angle E + \angle F = 90°$인데 $\angle B = \angle E$이므로 $\angle C$와 $\angle F$는 같기 때문이다. 따라서 세 각이 같고 한 변의 길이가 같으므로 $\triangle ABC$와 $\triangle DEF$는 합동이다.

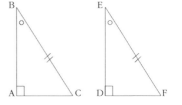

● 빗변의 길이와 다른 한 변의 길이가 각각 같으면 합동.

(증명) 아래 그림처럼 빗변과 한 변의 길이가 같으면 이등변삼각형을 꼭지각에서 수직 이등 분한 것과 같으므로 두 삼각형은 합동이다.

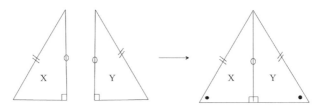

황금비 그럼 왼쪽에 플라스틱 조각 하나를 세로로 세우자. 그럼 거의 균형이 맞아.

제곱복근 이렇게 놓으면 되는 거지?

제곱복근이 강화 플라스틱 조각을 세로로 세웠다. 그 뒤로 작업은 일사천리로 진행되었다. 자롱이가 밧줄을 꼬리로 잡아서 주탑 기둥에 난 구멍에 끼워 넣으면 고난도와 제곱복근이 양쪽에서 잡아당겼다. 그러고는 강화 플라스틱 조각을 동시에 결합한 뒤에 밧줄로 단단히 묶었다. 작업은 좌우에서 동시에 진행해야만 했다. 그래야 균형이 잡혀서 어느 한쪽으로 무게가 쏠리지 않았기 때문이다. 손발이 척척 맞았기 때문에 다리는 금방 형태를 갖추었고, 반대편 잔도가 설치된 곳까지 연결되었다. 고난도와 황금비는 동굴이 있는 데까지 다리를 연결했다. 동굴 안쪽을 보니 공기가 서늘했다. 신경연결망을 타고 한기가 느껴졌다. 그때 제곱복근이 다급하게 고함을 쳤다.

제곱복근 애들아. 메좀비야, 빨리 건너와!

고난도와 황금비는 있는 힘껏 제곱복근이 있는 데로 뛰었다. 주탑을 지나니 잔도에서 뛰어오는 메좀비가 보였다. 엄청난 빠르기였다. 처음에 마주쳤을 때보다 두 배는 빨라진 듯했다. 있는 힘껏 뛰면서 황금비가 고난도에게 큰 소리로 물었다.

황금 부메랑 있지?

고난도는 무슨 말인지 알아듣고 달려가면서 아이템팔찌에서 황금 부메랑을 꺼냈다. 부메랑을 건네받은 황금비는 다리 끝에서 부메랑을 집어던졌다. 황금빛을 뿌리며 날아간 부메랑은 주탑과 교량을 연결한 밧줄을 사정없이 끊었다. 부메랑이 되돌아오는 사이에 황금비는 칼을 꺼내 교량 끝에 달린 밧줄도 끊어 버렸다. 그러고는 강화 플라스틱 두 개를 발로 내리눌렀다. 강화 플라스틱판 두 개가 절벽 아래로 떨어졌다. 메좀비는 주탑에 이르렀고 방향을 틀더니 입을 벌리며 잔인하게 으르렁거렸다.

제곱복근   머뭇거릴 여유 없어. 튀어. 뒤는 내가 맡을 테니.

고난도와 황금비는 잔도 위를 있는 힘껏 달렸고, 제곱복근은 또다시 잔도 위에 걸친 나무판자를 뜯어냈다. 메좀비는 다리를 무서운 속도로 질주했다. 그러나 교량을 지탱하는 밧줄이 상당수 끊어진 상태였기에 다리가 휘청거렸고, 절반 조금 넘는 지점에서 다리가 무너져 내렸다. 메좀비가 비명을 질렀기에 고난도와 황금비는 달리기를 멈추고 뒤를 돌아봤다. 나무판자를 뜯어내던 제곱복근은 메좀비가 절벽으로 떨어지자 한숨을 내쉬고 천천히 걸어서 황금비가 있는 곳으로 걸어왔다.

제곱복근   여기서 떨어졌으니 메좀비도 끝장났을 거야.

황금비   그러면 좋겠네요.

고난도는 절벽 아래를 유심히 보더니 얕게 한숨을 내쉬었다.

고난도   그러면 좋겠지만 아무래도 끝장난 것 같지는 않네요.

제곱복근   무슨 소리야. 저 아래로 떨어졌는데….

고난도   달리는 속도 때문에 바닥으로 추락하지 않고 절벽에 매달렸
         어요. 상태가 안 좋아 보이긴 하지만 죽지는 않았어요.

제곱복근   내 눈에는 안 보이는데….

고난도   제 눈에는 보여요. 안타깝지만 메좀비를 확실히 물리칠 방
         법을 찾을 때까지는 도망을 쳐야겠어요. 저 메좀비는 날지
         못하고 눈에서 레이저를 쏘지 못하는 것만 빼면 거의 슈퍼
         맨 급이네요.

일행은 잔도를 빠르게 달렸다. 메좀비가 당장 쫓아오지는 않았기에 위
험하지 않을 만큼만 빨리 달렸지만 보통 때 같으면 도저히 그러기 힘들
만큼 빠른 속도였다. 잔도 끝에 다다르자 제곱복근은 또다시 나무판자
를 뜯어냈다. 잔도 끝은 두 갈래 길로 나뉘었다. 아래쪽 길은 동굴로 이어
지고, 위쪽 길은 까무잡잡한 돌탑들이 수천 개가 늘어선 바위 사막으로
이어졌다.

위쪽은 분위기가 이상하지?

황금비는 제곱복근을 힐끗 보더니, 고난도와 눈짓을 주고받았다. 둘은 말은 하지 않았지만, 생각이 일치했다. 황금비는 아직까지 제곱복근을 어떻게 대해야 할지 마음을 정하지 못했다. 그래서 위쪽 공간에서 느껴지는 심상치 않은 분위기가 너클리드와 비례요정을 처음 추격하다가 비행선이 폭발했을 때 겪었던 상황과 유사함을 말할 수 없었다.

황금비   비행선이 추락했으니까….

제곱복근은 황금비와 고난도가 나누는 대화에는 관심을 별로 두지 않고 돌탑을 힐끗 보더니, 손가락으로 아래쪽 길을 가리켰다.

제곱복근   아무래도 아래쪽 길을 택해야겠지?

황금비와 고난도는 동시에 고개를 끄덕였다. 제곱복근이 앞장서고 고난도와 황금비가 뒤를 따랐다. 절벽 틈새로 난 동굴 입구는 세 아바타가 동시에 들어가도 될 만큼 넓었다. 동굴 안은 아무것도 보이지 않는 시커면 어둠이었다.

제곱복근   동굴이 막혔으면 어떡하지?

황금비   확인을 해 봐야죠.

황금비는 아이템팔찌를 열더니 작은 풍향계를 꺼냈다. 손바닥만 한 크기인데 화살표 위에 닭 한 마리가 앉았고, 화살표 아래는 남북 방향을 가리키는 나침반이 달려 있었다.

고난도   웬 풍향계야?

황금비   전투를 할 때는 늘 바람을 점검해야 해.

풍향계 화살촉이 흔들리며 동굴 안으로 움직였다.

고난도   동굴 안에서 밖으로 바람이 부네? 그럼 동굴이 막히지 않은 거야?

제곱복근   바람이 분다고 해서 동굴이 끝까지 뚫렸다는 증거가 될 수는 없어. 대류 때문에 공기가 안에서 밖으로 흘러나올 수도 있으니까.

황금비   저도 알아요. 그래서 이런 기능이 있죠.

황금비는 풍향계 받침대에 달린 작은 모니터를 눌렀다. 액정에 레이더와 동굴 그림이 동시에 떴다. 레이더 바늘이 좌우로 움직이자 동굴 그림이 점점 선명해지다가 동그라미가 떴다.

황금비   막히지 않은 동굴이에요.

제곱복근   동굴이 여러 갈래로 갈라져서 길을 잃을지도 몰라.

황금비   걱정하지 마세요. 어느 쪽이 뚫렸는지 안에서도 얼마든지 알아낼 수 있어요.

제곱복근   잠시, 네가 최고 전사임을 잊었구나.

황금비는 풍향계를 챙겼고, 고난도는 손전등을 꺼내 황금비에게 건넸다. 황금비가 앞장서서 동굴 안으로 들어갔다. 바닥이 조금 울퉁불퉁했지만 걷기는 불편하지 않았다. 높이도 적당해서 자롱이가 머리 위로 날아도 괜찮았다. 갈림길도 없어서 방향을 찾는 고민을 하지 않아도 되었다. 그런데 신나게 날던 자롱이가 점점 아래로 내려오더니 고난도에게 자꾸 기댔다.

고난도   자롱아, 왜 그래?

자롱이는 대답은 안 하고 점점 축 처졌다.

고난도   배터리가 떨어졌을 리는 없는데….

고난도는 하는 수 없이 자롱이를 안더니 가방에 넣었다. 빠르게 나아가던 황금비 걸음이 조금씩 느려졌다. 고난도와 제곱복근도 점점 걸음을 늦추었다. 그럴 수밖에 없었다. 울퉁불퉁하던 동굴이 반듯한 형태로 바뀌었기 때문이다. 벽과 바닥, 천장이 틈새 하나 없이, 결점 없는 얼음판처럼 매끈했다. 심지어 모든 공간에서 은은한 빛이 나서 손전등도 필요가 없었다. 점점 걸음이 느려지던 황금비가 우뚝 멈췄다.

고난도   왜 그래?

황금비   매우 안 좋아.

제굽복근   이런 구조물은 불가능해.

황금비   그것 때문이 아니에요. 여긴… 위험한 괴물이 사는 곳이에요.

고난도   어떤 괴물인데?

황금비   확실히는 모르지만, 괴물이 가까워졌을 때 올라오는 감각이 깨어났어.

제굽복근   최고 전사가 그렇다면 맞는 거겠지.

황금비는 손전등을 고난도에게 돌려주고는 칼과 총을 꺼내더니 총을 고난도에게 건넸다.

고난도   나는 총 쏠 줄 몰라.

황금비   이렇게 안전장치를 풀고, 과녁을 겨냥한 뒤에 당기면 돼.

고난도   총은 싫어.

황금비   어떤 위험이 닥칠지 몰라.

고난도가 거절했지만, 황금비는 억지로 총을 맡겼다. 황금비는 양손에 칼을 쥐고 천천히 앞으로 나아갔다. 몇 걸음 앞서서 걷던 황금비가 오른쪽으로 꺾어진 데서 다시 멈췄다. 무심코 황금비 등 뒤로 다가서던 고난도는 흠칫 놀라 뒷걸음질을 쳤다. 오른쪽 벽은 $60°$로 꺾였고, 왼쪽 벽은 $120°$로 꺾여서 역삼각형 모양의 공간이었다. 꼭짓점에서 반대편 벽까지 거리가 $30m$나 될 만큼 꽤 넓었고, 반대편 벽에는 열 개나 되는 좁은 통로가 불규칙하게 뚫려 있었다.

고난도 저게 도대체 뭐야?

황금비 뱀파이어에게 피를 빨리고 죽은 시신들이야.

고난도 미라 같은데…, 전투행성에서는 아바타가 뱀파이어에게 당하면 저런 형태가 되는 거야?

황금비 나도 저렇게 변한 아바타는 처음 봐.

시신은 자석에 달라붙은 쇠붙이처럼 삼각형 양쪽 벽에 바짝 달라붙었는데, 모든 알짜힘을 빨린 채 존재했다는 흔적만 앙상하게 남아 있었다.

제곱복근 겁을 집어먹고 머뭇거려 봐야 해결되는 것은 없어.

제곱복근은 성큼성큼 앞으로 나갔다. 그러나 몇 걸음 걷기도 전에 휘청대더니 쇠붙이가 자석에 끌려가듯이 벽으로 끌려갔다. 제곱복근이 벽에 거의 달라붙을 정도로 끌려갔을 때 벽 안쪽에서 삼각형 꼭짓점에 동그라미를 단 형상이 나타났다. 제곱복근이 벽에 가까워질수록 그 형상도 선명해졌는데, 딱 봐도 뱀파이어였다. 고난도는 재빨리 밧줄을 꺼내 제곱복근에게 집어던졌다. 제곱복근이 끈을 잡자 황금비와 고난도는 있는 힘껏 밧줄을 잡아당겼다. 힘겹게 위기를 넘긴 제곱복근은 가쁜 숨을 몰아쉬었다.

황금비　　괜찮으세요?

제곱복근　　나로서도 도저히 이겨 내기 힘들 만큼 강한 인력이었어.

황금비　　벽 안에 뱀파이어가 있었어요.

제곱복근　　나도 봤어. 그런데 형태가 조금 이상했어. 마치 이런저런 도형을 붙여 놓은 듯한 형상이었어.

고난도　　반대쪽 벽에도 똑같은 뱀파이어가 있었어요. 색깔은 달랐지만.

황금비　　양쪽 벽에서 잡아당기는 거야. 마치 자석처럼. 벽에 달라붙으면 알짜힘을 빨아먹는 거지.

고난도　　그럼, 여기를 지나갈 수 없단 뜻이야?

제곱복근　　내 생각에는 정확히 가운데 지점을 지나가야 할 것 같아. 내가 가운데로 걸을 때는 양쪽에서 비슷한 힘으로 잡아당긴다고 느꼈는데, 중심에서 살짝 벗어나자 그쪽 인력이 강해지면서 몸이 확 쏠렸어.

황금비   이런 건 자룡이가 중심을 표시해 주면….

고난도   자룡이 상태가 안 좋아. 간신히 버티는 중이야.

황금비   눈대중으로 모험을 할 수는 없어. 공간이 좁은 데는 눈대중으로 가지만 넓어진 삼각형 공간을 통과하려면 눈대중으로 불가능해.

제곱복근   넓은 공간에서는 자기력이 약하게 작용하지 않을까?

황금비   그럴 수도 있겠네요. 그럼 시험을 한번 해 보죠.

황금비는 아이템팔찌에서 낡은 팔찌를 꺼냈다. 그러고는 있는 힘껏 공간을 향해 던졌다. 팔찌는 꽤 멀리까지 날아갔다. 팔찌는 바닥에 떨어질 때까지는 아무렇지 않았는데 바닥에 닿자마자 엄청난 빠르기로 벽으로 끌려갔다. 벽과 꽤 떨어진 거리에서도 강한 인력이 작용한다는 증거였다.

황금비   거리가 멀다고 잡아당기는 힘이 줄지는 않네요. 아무래도 중심선을 정확히 유지하면서 가는 방법 외에는 없겠어요.

고난도   양쪽 벽에서 똑같은 거리로 떨어져야 한다면, 양변에서 언제나 같은 거리를 유지해야 하는데… 이쪽 꼭짓점에서 각을 이등분한 뒤에 이등분선을 표시하고 걸어가면 돼.

황금비   좋은 생각이야. 각을 이등분한 직선은 두 변과 거리가 항상

동일하니까.[4] 각을 이등분하는 방법이야 간단하지만 이등분
한 선은 어떻게 표시하지?

고난도   그건 걱정 마. 나한테는 낚싯대가 많아. 실처럼 가늘고 손바
         닥만큼 짧은데 끝을 누르면 쭉 길어지는 낚싯대도 있어. 그
         낚싯대를 이용해서 중심선을 표시하면 돼.

고난도는 삼각형 꼭짓점을 이루는 곳에서 각도를 정확히 이등분했다.
그러고는 중심선에 낚싯대를 대고 단추를 눌렀다. 낚싯대는 각을 이등분
하며 길게 뻗어 나갔다. 황금비가 앞장서서 중심선 위로 걸었다. 낚싯대
를 건드려서 중심선이 엇나가지 않도록 주의했다. 양쪽에서 잡아당기는

4   각을 이등분한 선의 성질.

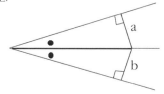

- 각을 이등분한 선 위에 놓인 점은 각을 이루는 두 변과 거리가 같다.
  - 이등분해서 만들어지는 두 삼각형은 직각삼각형이다.
  - 두 직각삼각형은 빗변을 공유한다.
  - 한 예각의 크기가 같다.
    ㄴ, 빗변의 길이가 같고, 한 예각이 같으므로 직각삼각형의 합동조건에 따라
      두 삼각형은 합동이다. 따라서 a와 b의 거리는 같다.
- 각을 이루는 두 변에서 같은 거리에 있는 점은 각을 이등분한 선 위에 있다.
  - a와 b의 길이가 같으면, 빗변과 한 변이 같은 직각삼각형이 된다. 직각삼각형 합동조건
    에 따라 두 삼각형은 합동이다. 따라서 두 변에서 같은 거리에 있는 점은 이등분한 선
    위에 있게 된다.

힘이 동시에 느껴졌는데, 벽 속에서 빨간 옷과 파란 옷을 두른 뱀파이어가 호시탐탐 노렸다. 맞은편 벽에 도착하니 잡아당기는 힘은 거의 사라졌다.

고난도   삼각형 공간에 통로가 열 개면, 딱 오징어야. 오징어도 다리가 열 개잖아.

황금비   크크크, 따지고 보니 그러네.

제곱복근 웃을 때가 아니야. 통로가 많으면 그만큼 길을 잃기 쉽다는 뜻이기도 하니까.

황금비는 풍향계를 꺼내서 통로가 막혔는지를 일일이 확인했다. 모든 통로가 막히지 않은 것을 확인한 뒤에 가운데 통로로 들어갔다. 통로는 서로 교차하기도 하고, 합쳐졌다 분리되기도 했다. 복잡하게 꼬인 통로가 아니어서 방향을 잃지는 않았다. 앞장서 걷던 황금비가 팔을 벌리며 걸음을 멈추더니 칼을 단단히 움켜쥐었다.

고난도   왜 그래?

제곱복근 또 괴물이냐?

황금비   삼각형 공간에서 느꼈던 기운과 똑같아요.

고난도   뱀파이어는 벽 안에서만 움직이지 않았어?

황금비   밖으로 나오는 문이 있나 봐.

서늘한 기운이 점점 가까워지더니 온몸에서 붉은빛을 내뿜는 뱀파이어가 나타났다. 영화나 드라마에서 흔히 보던 뱀파이어인데 특이한 점은 망토였다. 정삼각형 망토를 걸쳤는데 아래로 처지지 않고 바닥과 수평을 유지했다. 중력보다 더 강한 힘이 망토를 떠받치는 듯했다. 고난도는 마땅치 않았지만, 총을 들어 뱀파이어를 겨누었다. 고난도는 게임이나 사냥터에서도 쓰지 않을 만큼 총을 싫어했지만, 위급 상황이기에 어쩔 수 없었다. 고난도는 망설이지 않고 방아쇠를 당겼다. 그러나 분명히 총알이 몸에 박혔지만 뱀파이어는 꿈쩍도 안 했다. 다시 총을 쏘려고 하는 데 엄청난 힘이 총을 잡아당겼고, 결국 총을 놓치고 말았다. 총은 뱀파이어 몸에 달라붙더니 가루처럼 부서져 버렸다.

　황금비는 칼을 앞가슴으로 모았다가 좌우로 벌리며 뱀파이어를 향해 달려들었다. 바람처럼 빠른 몸놀림이었다. 뱀파이어가 손을 휘둘렀는데 황금비는 벽을 타고 돌며 칼을 매섭게 휘둘렀다. 뱀파이어가 휘두른 손은 허공을 가르고, 황금비가 휘두른 칼은 뱀파이어 몸을 여러 차례 베었다. 그러나 흠집 하나 나지 않았다. 도리어 뱀파이어가 손바닥을 벌리자 황금비가 든 칼이 자력이 끌리는 쇳가루처럼 뱀파이어에게 끌려갔다. 그대로 칼을 쥐고 있다가는 뱀파이어에게 붙잡힐 수밖에 없기에 칼을 놓고 뒤로 물러났다. 칼은 뱀파이어 손에 닿자마자 또다시 가루가 되어 부서졌다. 뱀파이어는 칼을 빼앗긴 황금비를 무섭게 공격했다. 고난도는 뱀파이어 못지않게 가볍고 빠른 몸놀림이었지만 무기가 없기에 반격을 할 수가 없었다. 지켜보던 제곱복근이 뱀파이어를 기습했다. 온 힘을 다 해 주먹을 휘두르자 뱀파이어가 휘청이며 밀려났다. 그러나 곧바로 균형을 잡고 제곱복근에게 달려들었다. 제곱복근은 힘은 강했지만, 속도가 느렸기에 뱀파이어에게 상대가 안 됐다. 황금비가 도와주지 않았다면 목덜미에 뱀파이어 이빨이 박히고 말았을 것이다.

그 상태로 버티기는 힘들었다. 기회를 봐서 도망을 쳤다. 뱀파이어 몸놀림은 무척 빨랐는데 이상하게도 주위를 살피느라 머뭇거리는 시간이 많았다. 처음에는 왜 그런지 이유를 몰랐는데 조금 뒤에 그 이유가 밝혀졌다. 바로 푸른빛을 내뿜는 뱀파이어 때문이었다. 푸른빛 뱀파이어도 붉은빛 뱀파이어와 능력이 같았다. 어떤 공격도 통하지 않았고, 힘은 제곱복근보다 셌으며, 움직임은 황금비만큼 빨랐다. 그러나 푸른빛 뱀파이어도 주위를 살피며 빠르게 쫓아오지 않았는데, 바로 붉은빛 뱀파이어 때문이었다. 두 뱀파이어는 서로 가까워지지 않으려고 애를 썼고, 그 덕분에 두 뱀파이어에게 붙잡히지 않고 도망을 칠 수 있었다. 마지막에는 두 뱀파이어에게 통로 앞뒤를 가로막혀서 옴짝달싹 못 하는 사면초가에 몰렸지만, 두 뱀파이어가 일정한 거리 이내로는 다가오지 않아서 붙잡히지 않았다.

> 황금비　　두 뱀파이어가 서로 다가오지 못하고 있어.
>
> 고난도　　아무래도 자석 같아. 붉은색은 N극, 푸른색은 S극.
>
> 황금비　　나도 같은 생각이야. 이제껏 보여 준 능력을 봐서도 뱀파이어가 자기력을 흡수한 게 분명해.

고난도   원래부터 지닌 능력이었을까?

황금비   그렇지 않을 거야. 이 공간도 여느 곳과는 다르잖아.

고난도   역시, 비행선 때문이겠지?

제곱복근   서로 다가오지 않는 건 좋지만, 저들 중 하나라도 물러나면 다른 하나가 우릴 잡아먹으려고 바로 달려들 거야.

주변을 살피던 고난도가 벽에서 비밀 문을 찾아냈다. 일단 비밀 문을 열고 안으로 들어갔다. 다행히 문도 튼튼하고 잠금장치도 단단해서 뱀파이어가 뚫고 들어올 가능성은 없었다.

황금비   여긴… 아이템 방이에요. 뱀파이어에게 쫓기는 아바타들을 위한 물품을 보관하는 장소죠.

고난도   아이템들이 특이해. 아이템들도 비행선이 폭발할 때 영향을 받았나 봐.

제곱복근   나는 이런 아이템은 절대 안 써.

황금비   뱀파이어에게서 살아남으려면 아이템을 고르시는 게 좋을 거예요.

황금비는 아이템 방을 샅샅이 살피면서 필요한 아이템을 챙겼다. 먼저 뱀파이어 공격에 가장 먼저 노출되는 팔목과 목, 어깨 등을 보호하는 아이템을 고난도에게 넘겨주었다. 자신도 같은 아이템을 장착하더니 공격에 쓸 무기를 찾았다. 보통 뱀파이어를 공격하는 데 쓰는 무기들은 은으로 만드는데 모두 변형이 되어 쓸 만한 게 없었다.

고난도   이건 어때?

고난도가 찾아낸 아이템은 네모난 방패였다. 손잡이 바로 옆에 전원을 켜는 단추가 있고, 아래쪽에 조절 장치가 두 개 달렸는데, 하나는 N과 S를 선택하는 장치고, 다른 하나는 세기를 조절하는 장치였다. 즉 N극과 S극을 선택한 뒤에 그 세기를 조절하는 기능이 달린 방패였다. 고난도와 황금비는 각각 방패를 들고 N극을 맞춘 뒤에 서로 맞대 보려고 했지만 밀어내는 힘이 강해서 도저히 그럴 수 없었다. 자기력 세기를 올리자 몸이 뒤로 튕겨 나갈 만큼 강하게 밀어냈다. 반면에 한쪽은 N극, 다른쪽은 S극으로 맞추자 인력으로 인해 바로 끌려갔다.

황금비   공격무기는 적당한 게 없지만, 이 방패라면 뱀파이어를 밀어낼 수 있어. 빨간색 뱀파이어에게는 N극을, 파란색 뱀파이어에게는 S극을 대면 자기력 때문에 절대 우리를 잡지 못할거야.

일행은 각자 방패를 두 개씩 챙겨 들고 아이템 방을 조심스럽게 빠져나왔다. 풍향계로 방향을 잡고 천천히 이동했다. $30m$쯤 전진하는데 푸른빛 뱀파이어가 나타났다. 앞장서서 걷던 제곱복근이 방패를 S극에 맞추고 전원을 켰다. 공격하려던 뱀파이어는 자기력에 의해 더는 다가오지 못했다. 제곱복근이 밀고 나가자 뱀파이어는 한 발씩 뒤로 물러났다. 통로가 끝나고 삼각형 형태로 생긴 넓은 공간에 도착했다. 삼각형 꼭짓점 끝에는 통로가 하나씩 연결되어 있었다. 벽을 등에 대고 방패를 뱀파이어를 향한 채 천천히 이동했다. 그때 고난도가 참신한 제안을 했다.

고난도	만약 이 삼각형 세 면에서 한꺼번에 S극 방패를 작동시키면 어떻게 될까?
황금비	각 면에서 서로 밀어내면 가운데로 몰리겠지.
고난도	이 방은 정삼각형이야. 그러니까 출력을 최대로 올리면 가운데 지점에서 꼼짝도 못 하고 갇히지 않을까?
황금비	좋아. 해 보자.

고난도와 황금비는 방패를 S극으로 맞추고 전원을 켰다. 그러고는 재빨리 다른 면으로 이동했다. 삼 면에서 S극에 밀린 뱀파이어는 이쪽저쪽으로 흔들리며 균형을 잡지 못했다. 그러나 예상과 달리 한 지점에서 꼼짝도 못 하게 만들지는 못했다.

제곱복근	제대로 안 되잖아. 그냥 경계하면서 이동하는 게 나아.
고난도	아니요. 그렇지 않아요. 지금은 정확히 중심점에 맞지 않아

서 그래요.

황금비 　삼각형 세 면에서 같은 거리에 놓이게 만들려면….

고난도 　내심을 만들어야 해.

황금비 　내심이라면 삼각형 세 변에서 똑같은 거리에 있는 점을 말하잖아.

고난도 　그렇지. 삼각형 안쪽에서 접하는 내접원의 중심이 내심이니까.[5]

황금비 　내심이 어디쯤이지?

고난도 　각 꼭짓점을 이등분해서 선분을 그으면 그 선분들이 만나는 점이 내심이야.[6]

황금비 　대충 어림잡았어.

제곱복근 　나도 이해했어.

5 　내심과 내접원.
　● 내심 : △ABC 세 변에서 같은 거리에 있는 점을 △ABC의 내심이라 한다.
　● 내접원 : △ABC 세 변이 한 원에 접할 때 이 원을 △ABC의 내접원이라 한다.

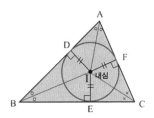

6 　내심과 각의 이등분선.
　'각을 이등분한 선의 성질'(주석 4번)에 따라 각을 이등분한 선 위에 놓인 점은 각을 이루는 두 변과 거리가 같고, 각을 이루는 두 변에서 같은 거리에 있는 점은 각을 이등분한 선 위에 있다. 따라서 내심은 각을 이등분한다.

셋은 벽에 몸을 대고 방패 방향을 조절해 뱀파이어를 내심 지점으로 몰았다. 처음에는 조금씩 엇갈렸지만, 점점 내심 지점이 분명해졌다. 내심에 뱀파이어가 위치하자 자기력 세기를 최대치로 올려서 방패를 벽에 세웠다. 각 방패가 놓인 지점에서 뱀파이어는 정확히 같은 거리에 있었고, 어느 쪽 방향으로도 움직이지 못한 채 동상처럼 굳어 버렸다. 일행은 방패를 그대로 둔 채 삼각형 방에서 빠져나왔다.

제곱복근   이제 붉은 뱀파이어만 남았으니 방패를 N극에 맞춰. 나타나기만 하면 전원을 켤 수 있도록 준비해.

방패를 조심스럽게 움켜쥐고 전진하는데 앞에서 시끄러운 소리가 들렸다. 싸움이 벌어지는 듯했다. 황금비는 일행을 기다리게 하고 혼자서 싸움이 벌어지는 곳을 살피러 갔다. 잠깐이면 돌아올 줄 알았는데 꽤 시간이 걸렸다.

황금비   삼각형 방 안에서 붉은빛 뱀파이어가 아바타 둘을 공격하는데, 아무래도 피타고X 부하들 같아.

제곱복근   전에도 피타고X라고 하더니, 도대체 피타고X가 누구지?

황금비   그건 나중에 말씀드릴게요. 일단 그 방도 삼각형이니 조금 전과 같은 방법을 쓰면 좋겠는데, 입구가 너무 좁아서 도저히 그 방으로 들어가기가 어려워. 피타고X 부하들이 그 방에 어떻게 들어갔는지 모르겠어.

고난도   다른 통로로 들어왔을 수도 있잖아.

황금비   꼭짓점마다 통로가 있기는 한데 크기가 다 똑같아서 아바타가 통과하기에는 힘들어.

고난도   어떻게 들어갔는지는 중요하지 않아. 중요한 점은 그 방에 빨간 뱀파이어가 있고, 우리가 삼각형 꼭짓점에서 자기력 방패를 발동하면 빨간 뱀파이어도 꼼짝 못 하게 할 수 있다는 사실이야.

황금비   맞아. 그게 바로 삼각형의 외심이잖아.[7] 나도 그 생각을 했어. 삼각형의 외심은 각 꼭짓점에서 같은 거리에 있는 점이니까 자기력으로 똑같이 밀어내면 그 자리에서 꼼짝도 못 할 거야.

고난도   문제는 나머지 두 삼각형 꼭짓점이 있는 곳으로 이동할 수 있는지야.

황금비   그래서 내가 자세히 살피고 오느라 시간이 걸렸어. 그 삼각형 방 주변으로 길이 많아서 세 꼭짓점으로 이동하는 건 아주 쉬워.

---

7   외심과 외접원.

● 외심 : △ABC 세 점에서 같은 거리에 있는 점 O를 △ABC의 외심이라 한다.

● 외접원 : △ABC 세 꼭짓점이 한 원 위에 있을 때 이 원을 △ABC의 외접원이라 한다.

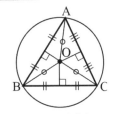

※ **내심**은 세 **변**에서 같은 거리, **외심**은 세 **꼭짓점**에서 같은 거리에 있는 점이다.

좋아. 그럼 서두르자. 싸우는 소리가 끝났어.

고난도는 방패를 들고 천천히 삼각형 방으로 다가갔고, 황금비와 제 곱복근은 통로를 통해서 다른 꼭짓점으로 갔다. 셋은 꼭짓점에 각자 자리를 잡은 뒤 방을 살폈다. 붉은빛 뱀파이어는 피타고X 부하 둘을 쓰러뜨린 뒤 알짜힘을 흡수하느라 정신이 팔린 상태였다. 방패를 틈새로 조심스럽게 밀어 넣은 뒤 전원을 켰다. 이미 한 번 손을 맞춰 봤기 때문에 자기력 세기를 조절하며 뱀파이어를 외심으로 몰아넣는 건 어렵지 않았다. 알짜힘을 빨아 먹느라 정신이 팔렸던 뱀파이어는 영문도 모른 채 외심 지점까지 밀렸다. 뱀파이어가 외심에서 꼼짝도 못 하는 걸 확인하자 방패를 모서리에 딱 맞춰서 세운 뒤에 자기력 세기를 최대치로 밀어 올렸다. 뱀파이어가 선 곳이 삼각형의 외심이었기에 자기력은 정확히 균형이 맞았고, 내심에서 꼼짝 못 했던 뱀파이어와 마찬가지로 옴짝달싹 못 했다.

02. 거미 요괴와 평행사변형 게임

: 평행사변형 :

동굴을 빠져나오니 또다시 절벽 옆구리로 아슬아슬하게 뻗은 길로 이어졌다. 몇 분쯤 걷다 보니 멀리 다리가 보였다. 다리를 옆에서 보니 다양한 도형이 결합한 듯이 보였다. 다리 상판은 가로가 긴 직사각형, 교각[8]은 평행사변형으로 서로 기대며 상판을 받치고, 교각과 교각 사이는 마름모꼴, 교각 좌우는 역삼각형이었다.

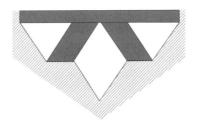

---

8 교각 : 다리를 받치는 기둥.

원래부터 그 모양이었는지, 비행선이 폭발하면서 형태가 변했는지는 알 수 없었다. 다만 그 형태가 주는 안정감만은 확실했다. 그러나 막상 다리에 이르렀을 때는 옆에서 봤을 때와는 달리 안전하지 않을지도 모른다는 의심이 들었다. 다리 상판 전체에 무수히 많은 금이 가 있었기 때문이다.

다리 건너편에는 특이하게 생긴 성이 절벽 중턱에 자리를 잡고 있었다. 구형 공연장이 떨어진 모래강으로 가려면 그 성을 통과하는 수밖에 없었다. 성은 1층이 이등변삼각형이고, 2층은 이등변삼각형과 변을 공유한 평행사변형 두 개가 서로 맞물렸으며, 3층은 조금 더 작은 평행사변형이 맞물렸고, 4층은 그보다 작은 평행사변형이 맞물린 형태였다. 다리에서 성 벽면을 보면 마치 거대한 화살 깃 같았다.

고난도   성이 특이하게 생겼네.

황금비   느낌이 안 좋아. 이 다리 위에 간 금도 불길하고.

제굽복근   신중한 고민은 선택지가 두 개 이상일 때나 하는 거야. 선택지가 없는 상황과 마주치면 단단하게 결심하고 부딪쳐 나가는 수밖에 없어.

황금비 　저도 동의해요. 이 어려움을 회피할 생각도 없고. 다만 무작정 달려들다가 돌이키기 어려운 위험에 노출되기 싫을 뿐이에요. 조심스럽게 위험을 파악하고 접근해야죠.

제곱복근 　이 다리는 튼튼해. 상판 바닥에 실금이 가 있지만 무너질 만한 위험 요인은 전혀 보이지 않아. 우리가 올라가서 무너질 다리면 이미 무너졌어.

　　제곱복근은 다리에서 마주할 위험이 붕괴 외에는 없다고 생각했다. 황금비도 붕괴 위험이 없다는 점은 동의했다. 그러나 황금비가 생각하는 위협 요인은 붕괴가 아니었다. 비행선이 폭발했을 때 벌어진 일은 상상을 초월했다. 예전에도 겪었고 조금 전에도 겪었다. 자기력을 지닌 뱀파이어를 누가 상상이나 했겠는가? 다리 위에 난 수많은 실금은 비행선이 폭발해서 생긴 흔적이 분명했다. 폭발이 영향을 끼쳤다면 저 실금에서 이상한 현상이 일어날지도 모른다고 생각했다. 의심스럽긴 하지만 가만히 머뭇거릴 수만은 없었다. 빨리 구형 공연장에 갇힌 친구들과 관객들을 구해야 했기 때문이다. 모래강이 천천히 흘러서 구할 때까지 여유가 있었지만 어떤 방해물이 나타날지 예상할 수 없으니 마냥 머뭇거리며 시간을 낭비할 수는 없었다. 마음을 단단히 먹고 제곱복근을 뒤따랐다.

고난도 　발밑에서 빛이 나는데?

황금비 　빛이라니… 난 안 보이는데.

고난도   제곱복근이 발을 딛을 때마다 빛이 나잖아.

고난도 말대로 흐릿하기는 했지만, 주변 바닥과는 확연히 다른 빛깔이 나타났다. 그러나 빛으로 인해 어떤 현상이 벌어질지는 전혀 예측할 수 없었다. 팽팽한 긴장이 신경망을 타고 흘렀다. 한 발 한 발을 조심스럽게 내디뎠다. 다행히 다리 중간에 이를 때까지 아무런 사건도 일어나지 않았다. 조금씩 긴장이 풀리고 안심이 되었다. 일단 이 다리는 별일 없이 지나갈 듯했다. 그러나 그것은 때 이른 안심이었다. 제곱복근이 다리 중간 지점에 이르자 예상치 못한 사건이 벌어졌다.

제곱복근이 외마디 비명을 지르며 위로 튕겨졌다. 바닥에 숨겨진 강한 스프링이라도 밟은 듯했다. 제곱복근은 제대로 균형을 잡지 못하고 허우적거리며 바닥으로 떨어졌다. 위험천만하게 바닥으로 떨어지는 제곱복근을 도우려고 앞으로 나가던 황금비도 위로 튕겨졌다. 고난도는 당황해서 뒤로 한 걸음 내디뎠는데 역시 위로 튕겨졌다. 제곱복근은 다행히 머리가 아니라 몸으로 바닥에 떨어졌는데, 바닥에 닿자마자 다시 위로 튕겨졌다. 높이 뛰어올랐다가 떨어지면 곧바로 튕기는 트램펄린[9]이 바닥에 설치된 것 같았다. 물론 바닥은 그냥 돌이었다. 그런 탄력을 만들어 낼 만한 장치는 보이지 않았다. 그런데도 제곱복근은 위로 튀었다가 떨어지기

---

9 트램펄린.

신축성이 좋고 질긴 사각형이나 원형으로 된 천의 테두리를 용수철로 고정한 운동 기구로 탄력을 이용해 높이뛰기, 공중제비 등을 할 수 있다. 지역에 따라 방방, 봉봉, 붕붕, 방방이, 풍풍, 콩콩 등으로 부른다.

를 거듭했다. 다행히 다리 밖으로 튕겨 나가지는 않았다. 제곱복근은 균형을 잡지 못한 채 허우적거리며 반복해서 튕기고 떨어지기를 거듭했다. 황금비는 높이 튕겼지만, 공중에서 균형을 잡고 바닥으로 내려섰다. 물론 바닥에 떨어지면 다시 튕겼지만 그래도 몸으로 떨어지면서 충격을 받지는 않았다. 고난도는 딱 한 번 튀어 오르더니 바닥에 딱 붙어서 더는 튕겨지지 않았다.

황금비   넌 도대체 어떻게 한 거야?

허공으로 튕기면서도 황금비는 중심을 잡은 채 고난도에게 물었다.

고난도   나도 몰라. 튕겨진 자리에서 살짝 뒤로 떨어졌을 뿐이야.
황금비   이유가 뭐지?

고난도는 혹시나 조금이라도 움직이면 자신도 튕겨질까 봐 동상처럼 선 채로 제곱복근과 황금비를 관찰했다. 제곱복근은 허우적거리며 온몸으로 바닥에 떨어졌는데 바닥에 닿을 때마다 닿는 지점에 빛이 들어왔다. 몸 전체가 바닥에 떨어졌기에 어디에 어떻게 빛이 들어오는지 구분하기 어려웠다. 그 반면에 황금비는 바닥에 떨어지는 지점이 명확히 보였다. 발이 바닥에 닿으면 빛이 생겼는데, 발이 닿는 모든 영역이 빛나지는 않았다. 실금이 만들어 내는 어떤 영역에는 빛이 들어오는데 어떤 영역에는 빛이 들어오지 않았다. 고난도는 황금비가 짚는 바닥을 자세히 보다가 특정한 규칙을 알아냈다. 그러고는 자신이 밟고 있는 바닥을 살폈다. 발을 딛고 선 곳에 새겨진 도형을 확인하자 확신이 생겼다.

고난도   평행사변형[10]이야!
황금비   평행사변형이라니, 무슨 말이야?
고난도   평행사변형을 찾아서 밟아. 그러면 바닥이 튕겨 내지 않아.
황금비   평행사변형은 두 쌍의 대변이 각각 평행한 사각형이니… 평행한 두 선이 만들어 낸 사각형을 찾아야겠구나.

바닥에 새겨진 수많은 사각형 중에서 평행사변형을 찾기란 쉽지 않았다. 트램펄린에서 붕붕 뛰는 운동을 하는 것과 동일한 상태이기에 더욱 어려웠다. 그런데도 몇 번 시행착오 끝에 황금비는 평행사변형에 내려서는 데 성공했다. 제곱복근은 여전히 비명을 지르며 붕붕 날아다녔다.

황금비   휴~ 두 쌍의 대변이 평행한지 안 하는지 찾기가 쉽지 않네.
고난도   빨리 제곱복근을 내려서게 해서 다리를 건너자.
황금비   저 상태를 봐. 스스로는 못 해. 우리가 도와야지.

---

10 평행사변형.
    두 쌍의 대변이 각각 평행한 사각형. (대변 : 서로 마주 보는 변, 대각 : 서로 마주 보는 각) 평행사변형은 대변의 길이가 각각 같고, 두 쌍의 대각이 각각 같으며, 두 대각선은 서로를 이등분하는 성질이 있다.

고난도   까딱 잘못하면 우리도 또 튕겨져.

황금비   평행사변형을 잘 찾아서 건너야지.

고난도   평행한지 안 하는지 딱 봐서는 어려우니 다른 방법으로 평
         행사변형을 찾아야야겠어.

황금비   손쉬운 방법은 각도나 길이지.

고난도   두 쌍의 대변 길이가 각각 같거나….[11]

황금비   두 쌍의 대각 크기가 각각 같은지 확인하면 돼.[12]

---

11 평행사변형이 되는 조건.
    ① 두 쌍의 대변이 각각 평행하다.
       ∟, 이는 평행사변형의 정의에서 자연스럽게 나오는 조건이다.
    ② 두 쌍의 대변 길이가 각각 같다.
     − □ABCD에서 $\overline{AC}$에 선분을 긋는다.
     − △ABC와 △CDA는 SSS 합동이다.
     − ∠DAC와 ∠BCA는 크기가 같은데, 이 둘은 엇각이다.
       따라서 $\overline{AD}$와 $\overline{BC}$는 평행이다.
     − ∠BAC와 ∠DCA는 크기가 같은데, 이 둘은 엇각이다.
       따라서 $\overline{AB}$와 $\overline{CD}$는 평행이다.
       ∟, 두 쌍의 대변이 평행이므로 □ABCD는 평행사변형이다.

12 평행사변형이 되는 조건.
    ③ 두 쌍의 대각 크기가 각각 같다.
     − □ABCD 내각의 합은 $360°=2m+2n, m+n=180°$
     − □ABCD에서 그림과 같이 연장선($\overline{AK}$)을 긋는다.
     − ∠ABC의 외각은 m이므로, ∠CBK와 ∠BCD는 엇각이다.
     − 따라서 $\overline{AB}$와 $\overline{CD}$는 평행이다.
     − $\overline{BC}$와 $\overline{AD}$도 같은 방식으로 평행임이 증명된다.
       ∟, 두 쌍의 대변이 각각 평행하므로 □ABCD는 평행사변형이다.

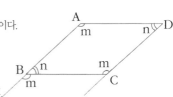

고난도는 어깨에 멘 가방을 한 번 쓰다듬으며 한숨을 내쉬었다.

고난도   이럴 때 자롱이가 건강하면 참 좋은데.

황금비   아무래도 자기력이 강한 곳을 거치느라 충격을 받았을 거야.
　　　　자롱이를 위해서라도 빨리 이 일을 해결해야 해.

고난도는 아이템팔찌를 뒤적거리더니 각도기와 자를 각각 두 개씩 꺼
냈는데, 하나는 빨간색이고 다른 하나는 파란색이었다. 빨간색과 파란색
이 한 쌍을 이루듯 사이좋게 달라붙어 있었다.

황금비   그건 어디서 났어?

고난도   조금 전 아이템 방에서 챙겼어. 이렇게 자성을 띤 채 쌍으로
　　　　작동되는 자와 각도기는 찾기 힘들어. 한정판에 어울리는
　　　　아이템이지.

황금비   넌… 참….

고난도   칭찬을 하려면 끝까시 해.

황금비   대단해.

고난도   부러우면 한정판 세계에 너도 들어와.

황금비는 대꾸는 안 하고 손을 내밀었다. 고난도는 황금비에게 자를
건넸다. 자를 건네받은 황금비는 빨간색 자를 사각형 한 변에 댔다. 그러

자 파란색 자가 저절로 벌어지며 대변으로 이동했다. 다른 변으로 빨간
색 자를 옮기자 이번에도 자동으로 파란색 자가 움직이며 대변 길이를
측정했다. 고난도는 빨간색 각도기를 한쪽 각에 댔다. 그러자 파란색 각
도기가 자동으로 움직여 대각을 측정했다. 다른 각으로 빨간색 각도기를
옮기자 이번에도 파란색 각도기는 대각으로 움직였다.

대변이 각각 같거나, 대각이 각각 같은 사각형은 평행사변형이기에 거
기만 밟으면서 움직였다. 제곱복근 근처까지 간 뒤에 황금비와 고난도는
떨어지는 제곱복근을 받았다. 제곱복근은 잠시 어지러워했지만 이내 정
신을 차렸다. 어떻게 해야 튕기지 않는지 설명을 들은 제곱복근은 조심
스럽게 고난도와 황금비 뒤를 따라왔다. 실금이 간 곳을 모두 통과한 뒤
에 황금비는 자를 고난도에게 되돌려 주었다.

황금비   가만히 보니까 두 대각선이 서로 다른 대각선을 이등분해도
            평행사변형이 되네.[13]

고난도   마주 보는 두 변이 평행하고, 길이가 같아도 평행사변형이

---

13 평행사변형이 되는 조건.
    ④ 두 대각선이 서로 다른 대각선을 이등분한다.
    – ∠AOD와 ∠BCO는 맞꼭지각으로 같다.
    – $\overline{AO}$와 $\overline{CO}$는 길이가 같고, $\overline{BO}$와 $\overline{DO}$도 길이가 같다.
    – 따라서 △AOD와 △COB는 SAS합동이다.
    – 같은 원리로 △AOB와 △COD도 합동이다.
    – 결론 : $\overline{AD}$와 $\overline{BC}$의 길이가 같고, $\overline{AB}$와 $\overline{DC}$의 길이가 같으므로,
      □$ABCD$는 평행사변형이다.

돼.[14] 그러니까 평행사변형인지 아닌지 확인하는 방법은 총 다섯 가지야.[15]

힘겹게 다리를 건넌 제곱복근은 몸을 이리저리 움직이며 관절을 풀더니 성문으로 다가갔다. 성문은 정오각형이었다. 정오각형 각 변을 이루는 돌은 단단한 화강암인데, 돌과 돌이 만나는 각은 평행사변형 형태로 서로 맞물려 있었다. 제곱복근이 강한 힘으로 잡아당겼지만, 문은 꿈쩍도 하지 않았다.

제곱복근   왜 이러지? 잠겼나?

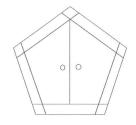

---

14 평행사변형이 되는 조건.
   ⑤ 한 쌍의 대변이 평행하고, 그 길이가 같다.
   – $\overline{AD}$와 $\overline{BC}$의 길이가 같고 평행이므로
      ∠DAO와 ∠BCO가 같고, ∠ADO와 ∠CBO가 같다.

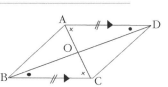

   – 따라서 △AOD와 △COB는 합동이다.
   – △AOD와 △COB가 합동이므로, $\overline{AO}$와 $\overline{CO}$는 길이가 같고, $\overline{BO}$와 $\overline{DO}$도 길이가 같다.
   – 이는 평행사변형이 되는 조건 ④에 부합하므로 □$ABCD$는 평행사변형이다.

15 평행사변형이 되는 조건 종합.
   ① 두 쌍의 대변이 각각 평행하다.
   ② 두 쌍의 대변 길이가 각각 같다.
   ③ 두 쌍의 대각 크기가 각각 같다.
   ④ 두 대각선이 서로 다른 대각선을 이등분한다.
   ⑤ 한 쌍의 대변이 평행하고, 그 길이가 같다.

제곱복근은 손을 탁탁 치더니 온 힘을 다해 문을 잡아당겼다. 근육이 팽팽하게 울룩불룩 흔들렸다. 무지막지한 힘으로 당겼지만, 문은 꿈쩍도 안 했다. 그때 가만히 지켜보던 고난도가 문을 슬쩍 밀었다. 바람이 낙엽을 날리듯이 문이 가볍게 안으로 열렸다. 제곱복근이 머리를 긁적이며 머쓱하게 웃었다.

발을 내딛자 보랏빛이 발끝에 밟혔다. 보랏빛을 따라 시선을 옮기니 강렬한 빛무리가 춤을 추었다. 정면 벽을 꽉 채운 스테인드글라스 유리창을 통과한 빛이었다. 바깥에서 보던 것과 달리 내부는 단 하나의 공간이었다. 정면 벽은 삼각형으로 단단한 하단부를 이루고, 2층부터 4층까지는 겉에서 봤을 때는 층이 나뉜 듯했는데 실제 내부를 보니 바닥부터 꼭대기까지 하나의 공간이었다. 맨 하단부는 출입구 쪽과 마찬가지로 단단한 삼각형 화강암 벽이 자리잡고, 화강암 가운데로 오각형 출입문이 뚫려 있었다. 그 위로는 평행사변형 형태의 벽체가 맞물리며 층층이 위로 올라갔다. 유리창은 평행사변형 벽체를 채우다시피 하는데, 특이하게도 내부에 평행사변형으로 보이는 사각형이 또 있었다. 안쪽 평행사변형에는 명도와 채도가 조금씩 다른 수많은 보라색이 촘촘한데, 각각의 조각이 전부 다 아주 작은 평행사변형이었다. 그 외 부분은 보라색과 보색인 연두색으로만 채워져서 보라색을 더욱 도드라지게 했다.

고난도　　스테인드글라스가 설치된 안쪽 유리창도 평행사변형이지?

황금비　　그래 보이네.

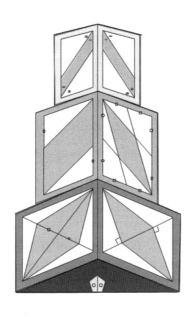

고난도   아무래도 이곳에도 비행선 폭발이 영향을 끼친 모양이야.

황금비   보라색이랑 평행사변형 꼴을 보면 그렇다고 봐야겠지.

같은 보라색이면서도 명도와 채도가 다른 수많은 보라색이 현란하고 화려하게 공간을 휘감으며 시선을 강렬하게 끌어당겼다. 발을 뗄 때마다 빛이 미묘하게 변화하면서 황홀감을 북돋웠다. 스테인드글라스가 신비로운 분위기를 자아낸다면 꽉 막힌 양쪽 벽은 기묘한 착시를 불러일으켰다. 평행사변형 형태가 계속 이어지니 분명히 평면인데 입체인 듯한 착각이 들었다. 벽면의 모든 평행사변형에는 모서리와 모서리를 잇는 대각선이 그어져 있었다.

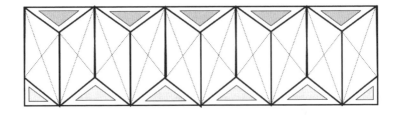

제곱복근 멋진 곳이지만 구경할 시간이 없어. 저쪽 출입구로 빨리 가자.

고난도와 황금비도 느긋하게 아름다움을 감상할 생각은 없었다. 빨리 출입문을 향해 나아갔다. 발걸음과 함께 보랏빛이 물결처럼 일렁였다. 물결은 동심원을 그리며 바닥을 거쳐 벽까지 이어졌다. 보라색 물결은 평행사변형 안쪽에 그려진 삼각형을 타고 위로 올라갔는데 아래와 위에 그려진 삼각형에 보라색이 점점 진해졌다.

가끔 연두색 물결이 일어났는데 한번 일어나면 훨씬 강한 파동으로 번졌다. 연두색 파동이 지나가고 나면 평행사변형 좌우에 그려진 삼각형에 연두색이 점점 진하게 남았다. 평행사변형 아래위 삼각형은 보라색, 좌우 삼각형은 연두색으로 채워지며 벽면도 색으로 물들었다. 색이 점점 진해지며 유리창과 엇비슷해지자 벽에서 기묘한 소음이 발생했다. 긴 손톱으로 칠판을 긁었을 때 나는 소름이 끼치는 소음이었다. 워낙 거슬리기에 눈살을 찌푸리며 걸음을 멈출 수밖에 없었다.

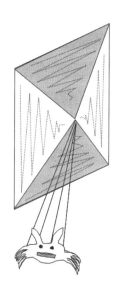

　지진계 바늘이 요동치듯 지지직거리며 에너지파가 변에서 삼각형이 모인 중심부로 이어지더니 거미처럼 생긴 큰 요괴가 꿈틀거리며 기어 나왔다. 연초록 줄 두 가닥과 보라색 줄 두 가닥을 단 채로 바닥으로 거미 요괴가 내려왔다. 거미 요괴가 앞뒤로 움직이면 네 개의 삼각형 중심점이 위아래로 움직였고, 거미 요괴가 좌우로 움직이면 삼각형 중심점도 좌우로 움직였다. 거미 요괴가 움직일 때마다 평행사변형 변에서 삼각형, 네 개가 모인 중심점으로 파장이 모인 뒤에 각 색깔에 맞는 줄을 타고 에너지를 공급했다. 좌우, 앞뒤로 느릿하게 움직이던 요괴는 입을 크게 벌리며 괴성을 지르더니 머리에 난 뿔이 부풀고, 입이 시뻘겋게 달아올랐다.

황금비　　입을 조심해.

황금비가 경고하기 무섭게 거미 요괴 입에서 철판처럼 얇고 강력한 점액질이 뿜어져 나왔다. 고난도는 가벼운 몸놀림으로 점액질을 피했다. 점액질은 바닥으로 떨어지더니 푸석푸석한 연기를 내며 사라졌다. 한 마리가 공격하자 다른 거미 요괴들도 같은 방식으로 일제히 공격을 개시했다. 사방에서 점액질이 쏟아졌다. 한두 마리가 쏟아 내는 점액질은 피하기 쉬웠지만 여러 마리가 한꺼번에 쏟아 내는 공격은 피하기가 쉽지 않았다.

황금비 　저 실을 끊어야 해. 평행사변형 안에 그려진 삼각형 네 개가 요동하며 에너지를 공급하고 있어.

실을 공격하라고 했지만 제곱복근과 고난도는 피하기도 버거워했기에 공격은 황금비만 가능했다. 황금비는 길고 날카로운 검을 꺼내더니 거미 요괴와 벽을 잇는 줄을 향해 내리쳤다. 그러나 검은 내리치는 속도보다 더 빠르게 튕겨졌다. 다른 검을 꺼내서 공격했지만, 결과는 마찬가지였다. 황금비는 점액질을 방패로 막아서 다른 거미 요괴가 뒤집어쓰게 유도하기도 했지만, 점액질은 거미 요괴에게는 아무런 영향을 끼치지 못했다. 점액질이 줄에 맞아도 마찬가지였다.

정신없이 피하기만 하던 고난도는 거미 요괴가 공격하는 방식에 익숙해지자 여유를 찾고 반격할 기회를 엿봤다. 거미 요괴는 평행사변형 안에서 움직이는 삼각형에서 에너지를 공급받을 뿐 아니라 움직임도 삼각형과 같이했다. 가만히 살펴보니 평행사변형에서 삼각형에 맞물린 중심점

이 아무리 움직여도 좌우와 위아래 삼각형을 합한 면적은 늘 같았다.[16]

고난도는 그 균형을 깨뜨리면 어떻게 될까 하는 생각이 들었다. 중심점이 어떻게 움직여도 무조건 좌우 삼각형과 위아래 삼각형을 더한 값은 같기에 에너지에 불균형을 주려면 외부에서 충격을 가하는 수밖에 없었다. 그러다 거미 요괴가 쏜 점액질이 벽에는 절대 닿지 않는다는 사실을 알아챘다. 그 어떤 점액질 공격도 벽에 닿기 전에 멈췄고 소멸하였다. 만약에 저 점액질을 벽에 뿌리면 어떻게 될까 하는 생각이 떠올랐고, 일단 해보기로 했다. 아이템팔찌에서 낚시함을 열고 큰 양동이를 꺼냈다. 낚시할 때 쓴 양동이인데 한정판이라 웬만한 충격에는 변형이 되지도 않고, 화학물질에도 강한 소재였다.

고난도는 거미 요괴가 쏘는 점액질을 양동이로 받은 뒤 바로 벽으로 부었다. 점액질이 평행사변형 아래쪽에 묻자 삼각형에서 일어나던 에너

---

16 평행사변형 내 삼각형의 면적.
  ① 평행사변형의 넓이 : 밑변의 길이×높이
  ② 한 대각선에 의해 평행사변형은 이등분된다.
     삼각형의 넓이 : $\frac{1}{2}$×밑변×높이
     따라서 평행사변형 넓이의 절반이다.
  ③ 두 대각선에 의해 사등분된 삼각형은 넓이가 모두 같다.
     △ABC에서 $\overline{AO}$와 $\overline{OC}$는 길이가 같다. (밑변이 같다.)
     △AOB와 △BOC는 높이가 같다.
     따라서 밑변과 높이가 같으므로 △AOB와 △BOC는 면적도 같다.
  ④ 평행사변형 내부의 한 점 P가 있을 때
     △APD+△BPC=△APB+△DPC=$\frac{1}{2}$×□$ABCD$
     △APD+△BPC=㉠+㉡+㉢+㉣
     △APB+△DPC=㉠+㉡+㉢+㉣

지파가 뒤틀리며 끊어졌다. 거미 요괴는 급격하게 움직임이 둔해졌고 점액질 공격도 하지 못했다. 근처에서 거미 요괴를 공격하던 황금비는 기회임을 알아차리고 움직임이 둔화된 거미 요괴와 평행사변형 벽을 잇는 줄을 검으로 내리쳤다. 이번에는 줄이 빨랫줄처럼 가볍게 끊어졌다. 에너지를 공급받지 못하자 거미 요괴는 점점 움직임이 둔해졌고, 마지막에는 단단한 석상으로 변했다. 거미 요괴를 물리칠 방법을 찾자 고난도와 황금비는 같은 방법으로 다른 거미 요괴들도 공격했다. 얼마 지나지 않아 수십 마리나 되는 거미 석상이 갖가지 자세를 한 채 멈춰섰다. 또 어떤 괴물이 나올지 모르기에 재빨리 출입구로 뛰어갔다. 출입구를 밀었지만 열리지 않았다. 잡아당겨도 열리지 않았다.

제곱복근 밖에서 잠겼을까?

고난도 아뇨. 여기 열쇠 구멍이 두 개 있잖아요. 열쇠가 여기 어디에 있을 거예요.

황금비 여긴 숨길 곳이 없어. 있다면 이 두 동상뿐인데….

정오각형 문 양옆에 두 손을 합장한 인간 석상이 서 있었다. 대리석으로 된 평범한 석상으로 예술성이 뛰어난 작품은 아니었다. 석상 곳곳을 뒤졌지만 열쇠는 없었다. 석상을 돌리거나 잡아당겨 보려고 했지만 꿈쩍도 안 했다. 석상을 가만히 살피던 고난도가 난데없이 석상 앞에 서서 합장했다. 석상과 똑같은 자세를 취하더니 고개를 가볍게 숙이며 예의를 갖췄다.

그러자 석상이 고난도와 똑같이 허리를 숙이며 인사를 했다. 고난도는 합장한 손바닥을 벌렸다. 석상은 고난도를 따라 했다. 손바닥이 벌어지며 열쇠 하나가 바닥으로 떨어졌다. 다른 석상에게도 똑같이 해서 열쇠를 얻었다. 열쇠 두 개를 구멍에 넣고 동시에 돌렸다. 문이 열리고 수백 미터 아래로 뻗은 계단이 나타났다. 계단이 끝나는 곳부터는 또다시 바위 사막이 펼쳐졌는데, 그리 멀지 않은 곳에 모래강 위에서 느리게 떠내려가는 구형 공연장이 보였다.

03. 오벨리스크와 사각형의 마법사

: 여러 가지 사각형 :

돌무더기가 무수히 쌓인 벌판 곳곳에서 매캐한 연기가 피어올랐다. 연기 사이로 시뻘건 용암이 가끔 혀를 내밀었다. 짙은 연기가 피어오르는 돌무더기에서는 검은 눈동자가 나타났다 사라졌다. 돌무더기 사이에 깔린 바닥은 자갈이 수북해서 걷기에는 무리가 없었다. 계단 끝까지 내려온 황금비는 잠시 고민을 하더니 안개가 짙게 깔린 오른쪽 산자락으로 눈길을 돌렸다.

황금비   이대로는 안 되겠어.

고난도   뭐가 안 돼?

황금비   여긴 가는 곳마다 괴물 천지야. 그 괴물들을 물리칠 아이템

이 있어야 해. 현재 내가 지닌 무기는 괴물들에게는 아무 쓸
모가 없어. 이대로는 구형 공연장에 도착하기도 전에 소멸할
거야.

고난도　　아이템을 어디서 구해?

황금비는 안개 낀 산자락을 가리켰다. 안개 숲 위로 끝이 삼각형처럼
뾰족한 탑이 흐릿하게 보였다.

황금비　　저 탑은 오벨리스크[17]야. 오벨리스크가 세워진 곳에 가면 아
　　　　　 이템이 있어.

고난도　　그럼 빨리 가자.

제곱복근　시간도 촉박하고, 오벨리스크 크기로 봤을 때 아이템을 얻
　　　　　 기가 쉽지 않을 텐데 가능하겠어?

황금비　　가능한지는 중요하지 않아요. 해야 할 일인지 아닌지가 중요
　　　　　 할 뿐이죠.

일행은 오벨리스크를 향해 움직였다. 왼쪽 벌판에서 피어오른 매캐
한 연기는 수백만 년 동안 퇴적된 지층이 만든 거대한 절벽에 막혀 짙은

17　오벨리스크.
　　정육면체처럼 4면으로 쌓은 돌탑으로 아래에서 위로 갈수록 점점 가늘어지다 꼭대기가 피
　　라미드처럼 생긴 기념물. 그리스어로 '작은 쇠꼬챙이'란 뜻이다. 오벨리스크에는 전쟁 승리
　　를 기념하거나 지배자의 업적을 기록하는 문장이나 그림이 새겨져 있다.

안개를 만들어 냈다. 오벨리스크가 가까워질수록 안개는 점점 진해지다가 태풍의 눈처럼 맑은 공간이 나타났다. 안개에 둘러싸인 원기둥 공간에서는 맑은 하늘이 보였지만 조금 전까지 보이던 오벨리스크는 안개 속에 파묻혀 버렸다. 워낙 안개가 진해서 단 한 걸음도 내딛지 못할 지경이었다. 원기둥 공간에는 면을 직사각형으로 반듯하게 깎은 직육면체 기둥 두 개가 하늘 높이 치솟아 있었다. 중간에 틈새가 하나도 없는 돌로 완전히 한 덩어리였다. 고난도는 돌기둥을 손으로 쓰다듬더니 고개를 젖혀 돌기둥 위를 올려다봤다.

고난도   분명히 직사각형 돌기둥인데, 아래에서 올려다보니 직사각형이 아니라 사다리꼴처럼 보여.

황금비   가까운 곳은 크게 보이고 먼 곳은 작게 보이니 그렇지. 원근법도 그러한 특성을 이용한 거잖아.

돌기둥 사이에는 돌덩어리들이 어지럽게 쌓여 있었다. 고대 문자들이 돌덩어리에 음각으로 새겨진 것으로 보아 어떤 형태를 갖췄던 기념물이 무너진 듯했다.

고난도   도저히 저 안개 속으로 못 들어가겠는데.

황금비   안개를 제거해야지.

고난도   안개를 무슨 수로 없애?

황금비   저 안개는 결계 같은 거야. 결계를 푸는 열쇠를 찾으면 안개
         를 없앨 수 있어.

황금비는 어지럽게 쌓인 돌덩어리를 꼼꼼하게 살폈다. 결계를 푸는 장
치를 찾는 듯했다. 고난도도 지켜만 보지 않고 함께 찾았다. 그러나 아무
리 살펴도 특별한 장치는 보이지 않았다. 뒤에서 가만히 지켜보던 제곱
복근이 둘을 불렀다.

제곱복근   결계를 푸는 열쇠를 찾았어.
고난도   열쇠가 어디 있어요?
제곱복근   이 돌덩어리 전체가 열쇠야.
고난도   그걸 어떻게 아셨어요?
제곱복근   그렇게 쓰였으니까.
황금비   고대어도 읽을 줄 아세요?

제곱복근은 질문에 답하지 않고 돌덩어리를 옮겼다.

황금비   뭐 하세요?
제곱복근   문을 만들어야 해.
황금비   이 돌로 문을 어떻게 만들어요?

황금비는 돌을 발로 밀었다. 돌은 꿈쩍도 안 했다. 제곱복근은 공깃돌을 들 듯이 무거운 돌을 들었다 놓으며 문을 어떻게 만들지 궁리를 했다.

고난도   돌이 수북이 쌓여 있으니까 잘 모르겠어요. 모양을 볼 수 있게 바닥에 놔 주시겠어요.

돌을 드는 제곱복근의 근육이 불끈불끈 움직이는데 예전보다 더 강해진 듯했다. 제곱복근은 돌을 바닥에 가지런하게 정리했다. 돌덩어리는 16개로 모두 육면체였다. 그중에 10개는 모든 면이 정사각형인 정육면체였다. 나머지 돌덩어리는 6개인데 두 면이 등변사다리꼴[18]이고 나머지 네 면은 크기가 조금씩 다른 사각형 모양이었다.

---

18 등변사다리꼴.
    밑변의 양 끝 각의 크기가 같은 사다리꼴. 참고로 사다리꼴은 한 쌍의 대변이 평행한 사각형이다. 등변사다리꼴은 다음과 같은 특징이 있다.
    ① 평행하지 않은 대변은 서로 길이가 같다.
    ($\overline{AB}$와 $\overline{DC}$의 길이가 같다.)
    (증명) $\overline{AB}$에 평행하게 $\overline{DP}$를 그으면 $\triangle DPC$는 이등변삼각형이다.
    따라서 $\overline{AB}$와 $\overline{DC}$는 길이가 같다.
    ② 두 대각선의 길이가 같다.
    (증명) $\triangle ABC$와 $\triangle DCB$는 SAS합동이다.
    ($\overline{BC}$는 공통. $\overline{AB}=\overline{DC}$, $\angle ABC=\angle DCB$)
    따라서 두 대각선의 길이는 같다.

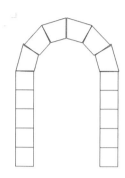

고난도   아치 형태로 만들면 되겠네요.

제곱복근   아치로 만든다고?

고난도   정사각형 돌로 양쪽 기둥을 쌓고, 등변사다리꼴에서 긴 쪽 변을 위쪽으로 해서 교량처럼 쌓아요. 그러면 아래로 쏠리는 힘 때문에 무너지지 않고 버티게 돼요. 그걸 아치라고 하죠.

제곱복근   아하, 그러네. 돌은 무겁고 단단하니 중력 때문에 아래로 떨어지려고 할 텐데 위쪽은 길고 아래쪽은 짧으면 내리누를수록 무너지기는커녕 단단하게 결합이 되겠구나.

고난도   옛날부터 돌로 건축물을 지을 때 많이 이용했던 방법이에요. 로마 시대에 지은 아치형 다리가 아직도 튼튼하게 유지될 정도예요.

황금비   등변사다리꼴이 서로 맞물려서 아래로 떨어지지 않게 하려면 빈틈이 없어야 해. 여섯 개나 되는 돌을 한꺼번에 들 수도 없으니 아래에서 받칠 버팀목이 필요해.

고난도   그런 거라면 걱정하지 마.

고난도는 아이템팔찌를 열더니 작은 나무토막을 꺼냈다.

황금비   나무토막 하나로 뭘 어쩌려고?
고난도   기다려 봐. 나한테는 숫자카드가 있잖아. 제곱복근 아저씨,
          일단 정육면체로 양쪽 옆 기둥을 쌓아 주세요.

제곱복근은 가벼운 플라스틱 조각을 들어 올리듯 돌덩어리를 쌓았다. 고난도는 돌기둥 사이에 나무토막 하나를 놓더니, 작은 주머니에서 제곱이 적힌 숫자카드를 꺼내서는 나무토막에 붙였다. 카드와 결합이 되자 나무토막은 수십 개로 늘어났다. 양 기둥 사이를 가득 채울 만큼 많은 나무여서 받침대 역할을 하기에 충분했다. 받침대가 준비되자 제곱복근은 등변사다리꼴로 생긴 돌을 차곡차곡 나무 위에 쌓아 올렸다. 나무가 살짝 눌렸지만, 변형이 되지는 않았다. 빠르게 돌을 모두 쌓고 난 뒤에 나무를 치웠다. 돌들은 서로 맞물리며 단단하게 결합이 되었다. 아치형 문이 완성되자 돌에 음각으로 새겨졌던 글씨에 빛이 들어왔고, 곧이어 오벨리스크를 가렸던 짙은 안개가 실바람과 함께 사라졌다.

하늘을 찌르는 오벨리스크 옆으로 사각뿔대처럼 생긴 거대한 석조건물이 그 위용을 드러냈다. 아래는 정사각형 기단이 단단하게 받치고, 위로 가면서 피라미드처럼 점점 좁아졌다. 상단부는 바닥과 평행한 평면이어서 옆에서 보면 등변사다리꼴이었다. 상단부도 하단부 기단처럼 정사각형인데, 상단부 중심부에 정육면체 건물이 자리했다. 건물 외벽에는 온

갖 기이한 동물이 새겨졌는데 그 섬세한 솜씨는 저절로 감탄을 자아내게 했다. 등변사다리꼴을 정확히 절반으로 나누는 지점에는 아바타가 오르기 적당한 계단이 설치되어 있었다.

고난도   '치첸이사'라는 마야 유적지에 가면 '엘 카스티요 피라미드'라는 웅장한 건축물이 있는데 겉모양이 거의 똑같네.

황금비   전투행성에서 아이템을 얻는 곳은 대부분 오래된 유적지나 널리 알려진 현대 건축물과 닮은꼴인 경우가 많아. 건축물 형태를 보면 그곳에서 얻을 수 있는 아이템을 대충 어림할 수 있어.

고난도   그럼, 여기는 고대 전투 무기를 주로 얻겠네.

황금비   들어가 봐야 알겠지만 아마 그럴 거야.

계단은 걸어서 올라가기에 아주 적절했다. 계단 끝에 올라서니 정육면체 건물에 돋을새김한 동물들이 당장 살아서 튀어나올 듯한 느낌이 들었다.

고난도   출입구가 없어.

황금비는 대답은 안 하고 걸어가더니 가만히 벽을 살폈다. 그러고는 사자의 두 눈을 동시에 손가락으로 눌렀다. 눈이 쑥 안으로 들어가더니 사자가 사라지고 정사각형 출입구가 생겼다. 내부는 외부와 마찬가지로 밑면, 옆면, 윗면이 모두 정사각형인 정육면체였다. 천장에서는 붉은색 조명이 은은하게 비추고, 벽은 다양한 크기의 정사각형이 모든 면을 어지럽게 채웠다.

출입구 반대편에는 귀까지 가리는 털모자에, 정사각형 체크무늬 조끼를 입고, 손가락 끝이 나온 장갑을 끼고 작은 날개가 달린 신발을 신은 아바타가 빙그레 웃음을 지으며 의자에 걸터앉아 있었다. 흰옷과는 어울리지 않게 웃음이 지나치게 붉었다.

고난도	안녕하세요?

고난도가 인사를 건넸지만 하얀 아바타는 빙그레 웃기만 할 뿐 아무런 대꾸도 하지 않았다.

황금비	아이템을 지키는 마법사야.
고난도	아이템이 어딨는데?
황금비	모자, 조끼, 장갑, 신발이 우리가 얻어야 할 아이템이야.
고난도	그냥 평범한 아이템 같은데….
황금비	몸을 보호하는 아이템이야. 평범해 보여도 보호력이 꽤 강해. 성능을 향상하는 아이템을 구해서 결합하면 보호력이 더 강력해지고.

고난도   뺏어야 하는 거야?

황금비   뺏는 게 아니라 싸워서 이겨야 해.

황금비는 팔뚝 길이만 한 쌍검을 꺼내서 양손에 쥐었다. 검을 눈앞에 모은 뒤 좌우로 활짝 벌렸다.

황금비   도전하겠습니다.

마법사   기회는 네 번이다. 포기하고 싶으면 세 번까지는 소멸하지 않고 생체물약을 먹으면 된다. 그러나 네 번째 실패하면 아바타가 소멸한다.

황금비   규칙은 잘 압니다.

마법사   그래도 소환에 응하겠는가?

황금비   소환에 응하겠습니다.

황금비는 칼을 좌우로 펼친 채 정사각형 중심부로 걸어가며 말했다.

황금비   출입구 쪽으로 물러나 있어.

황금비가 정사각형 중심부에 서자 아이템 마법사가 손끝을 튕겼다. 짧은 쇳소리가 네 번 울리고, 긴 쇳소리가 네 번 울리더니 돌로 된 병사가 나타났다. 돌 병사는 모두 넷이었는데 정확히 정사각형을 이루며 섰다. 정사각형 꼭짓점에서 대각선을 그리면 직교하는 중심점에 황금비가 위치했다. 돌 병사는 옛날 갑옷을 온몸에 두르고, 오른손에는 검을 들고 왼손에는 방패를 들었다. 마법사가 다시 손끝을 튕기자 이번에도 짧고 긴 쇳소리가 네 번 울렸고, 돌 병사가 서서히 움직였다. 황금비는 무릎을 고양이처럼 웅크리며 자신을 겨누는 돌 병사를 경계했다.

돌 병사는 몸을 풀 듯이 방패와 칼을 이리저리 흔들더니 갑작스럽게 황금비를 향해 움직였다. 방패를 가슴 높이로 들고 칼을 방패 뒤에 숨겼다. 돌 병사는 정사각형의 대각선을 따라 움직이며 한꺼번에 공격했다. 돌 병사들은 방패를 살짝 젖히며 검을 동시에 찔렀다. 날카로운 검이 황금비의 다리, 허리, 가슴, 목을 동시에 노렸다. 황금비는 살짝 도약하며 다리와 허리를 찌르는 검을 피하고, 가슴과 목을 찌르는 검은 쌍검으로 가볍게 쳐낸 뒤 돌 병사 어깨를 잡고 넘어갔다. 황금비가 바닥에 발을 딛기도 전에 돌 병사는 방패를 뒤로 휘두르더니 검을 직선으로 찔렀다. 황금비는 몸을 웅크려 방패를 피한 뒤 검을 쳐 내고는 몇 걸음 뒤로 물러났다.

고난도   공격할 기회가 충분했는데 계속 왜 저러지?

제곱복근   파악하는 거야.

고난도   기회가 생겼을 때 빨리 물리쳐야지 뭘 파악해요?

제곱복근   여기서 아이템을 얻고 끝낼 생각이라면 그러겠지.

황금비는 공격은 안 하고 계속 피하거나 막으면서 돌 병사들이 어떻게 움직이고 공격하는지 파악했다. 가슴을 졸이며 지켜보던 고난도는 황금비가 여유롭게 공격을 피하자 돌 병사들이 어떻게 작동하는지 자세히 관찰했다.

돌 병사들은 자유롭게 이동하며 공격하기는 했지만, 각은 언제나 90°를 유지하고, 대변은 늘 서로 평행했다. 변의 길이는 변해도 네 변이 크기는 서로 같았고, 두 대각선의 길이도 항상 똑같았다. 당연하지만 대각선은 서로를 이등분했고, 서로 직교했다. 즉 공격대형이 정사각형으로서 지니는 특징을 한결같이 유지했다.[19]

공격 방식은 간단했다. 방패를 휘둘러 머리를 노리거나, 검으로 몸통을 찌르는 공격 동작이 전부였다. 휘두르고 찌르는 동작이 꽤 빨랐지만 황금비에게는 전혀 위협이 되지 않았다. 더는 돌 병사들에게서 변화가 없자 황금비는 수비에서 공격으로 전환했다. 황금비가 몸통과 머리를 잇달아 공격했지만 돌 병사에게는 아무런 흠집이 나지 않았다. 황금비는 다리, 팔에도 공격을 가했지만 마찬가지였다. 약점처럼 보이는 관절 부위노 약섬이 아니었다. 몸 곳곳을 찌르고 베던 황금비는 마지막으로 돌 병사의 발뒤꿈치 아킬레스건을 베었다. 어떤 공격에도 멀쩡하던 돌 병사가 휘청거렸다. 그러나 조금 뒤 다시 원래대로 돌아오더니 중심을 잡고 공격

---

19 정사각형의 특징.
- 네 내각의 크기가 90°로 모두 같다.
- 네 변의 길이가 모두 같다.
- 대변이 서로 평행하다.
- 두 대각선의 길이가 같다.
- 두 대각선은 서로를 이등분한다.
- 두 대각선은 수직으로 만난다.

해 들어왔다. 이번에는 쌍칼을 이용해 아킬레스건 두 곳을 동시에 베었다. 검은 기름이 튀며 돌 병사가 태엽이 다 풀린 장난감처럼 서서히 멈췄다. 약점을 찾아낸 황금비는 단 몇 초 만에 나머지 돌 병사도 무력화했다.

마법사   대단하군. 그 정도 능력치와 솜씨는 이 행성에서도 흔치 않은데, 너 같은 능력자가 여길 왜 왔지? 이런 기본 아이템이 없어서 여기에 오지는 않았을 텐데.

황금비   아이템을 주는 조건에 답변도 포함되나요?

마법사   그렇지는 않다.

황금비   대답할 의무가 없다면 대답하지 않겠습니다. 이제 아이템을 넘겨주세요.

마법사는 손가락으로 정사각형을 그렸다. 꼭짓점 하나가 그려질 때마다 모자, 조끼, 장갑, 신발이 마법사 몸에서 사라졌고, 황금비 아이템팔찌에서는 빛이 번쩍였다.

마법사   다음 관문도 도전하겠는가?

황금비   당연하죠.

마법사는 의미심장한 웃음을 남기고 연기가 되어 사라졌다. 마법사가 있던 자리에 직사각형 출입구가 생겼다. 출입구를 지나 계단을 내려가니 바닥이 직사각형인 공간이 나타났다. 천장에서는 붉은색과 주황색 조명이 은은하게 비추고, 벽은 온갖 크기의 직사각형이 어지럽게 그려져 있는데 가끔 정사각형도 보였다.

마법사는 허리춤에 채찍과 부메랑을 차고, 왼손에는 석궁, 오른손에는 표창을 든 채 의자에 앉아 기다리고 있었다. 소환에 응할지를 두고 똑같은 대화가 오간 뒤에 돌 병사 넷이 나타났다. 황금비는 이번에도 처음에는 공격하지 않고 피하고 막기만 했다. 고난도는 황금비를 믿었기에 마음을 푹 놓고 돌 병사들이 공격하는 형태를 관찰했다.

돌 병사들은 자유롭게 이동하며 공격하기는 했지만, 각은 언제나 $90°$를 유지했고, 대변은 늘 서로 평행했다. 마주 보는 변(대변)끼리는 길이가 같았지만, 이웃하는 변과는 길이가 달랐다. 두 대각선의 길이는 항상 똑같았고, 서로를 이등분했지만, 정사각형과 달리 서로 직교하지는 않았다. 즉 공격대형이 직사각형으로서 지니는 특징을 한결같이 유지했다. 아무래도 방 모양과 벽 무늬가 직사각형이니 돌 병사도 직사각형의 특성[20]에 따라 움직이는 모양이었다. 네 변이 같은 길이가 아니다 보니 움직임이 정사각형보다는 복잡했고 공격도 변화가 많았다. 가끔 정사각형처럼 움직이기도 했는데 이는 정사각형이 직사각형에 포함되는 도형이기 때문이었다.

---

20 직사각형의 특성.
- 네 내각의 크기가 $90°$로 모두 같다.
- 대변의 길이가 서로 같다.
- 대변이 서로 평행하다.
- 두 대각선의 길이가 같다.
- 두 대각선은 서로를 이등분한다.

공격 방식에도 조금은 변화가 있었다. 정사각형에서는 방패를 휘두르고 검을 찌르는 동작뿐이었지만, 이번에는 직사각형에서 대각선을 긋듯이 검을 휘두르는 동작이 덧붙여졌다. 속도도 조금 더 빨랐다. 그래 봤자 황금비에게는 조금도 위협이 되지 않았다. 황금비는 공격 방식에 더는 변화가 없자 수비에서 공격으로 전환했다. 돌 병사의 약점이 어딘지 이미 파악했기 때문에 공격으로 전환하자마자 대결은 금방 끝났다.

마법사	이 전투행성에는 십억 명이나 되는 전사들이 활동하는데 너 정도 되는 전사는 오만 명밖에 없다. 너 같은 전사가 이런 초급 아이템을 얻으러 왔다니, 특별한 사연이라도 있는가?
황금비	요즘은 개인 사정을 확인한 뒤에 아이템을 주라고 규칙이 바뀌었나요?
마법사	그렇지는 않다. 다만 질문하는 이유는 있다.
황금비	그 이유가 뭐죠?
마법사	그건 말해 줄 수 없다.
황금비	그럼 저도 말해 줄 수 없습니다. 이제 아이템을 넘겨주세요.

마법사는 손가락으로 직사각형을 그렸고, 꼭짓점이 하나씩 생길 때마다 채찍, 부메랑, 석궁, 표창이 차근차근 사라졌고, 그에 맞춰 황금비 아이템팔찌가 번쩍였다.

마법사   다음 관문도 도전하겠는가?

황금비   당연하죠.

마법사는 잠시 황금비를 지긋이 보더니 연기가 되어 사라졌다. 대신 그 자리에 마름모꼴 출입구가 생겼다. 마름모 꼭짓점이 아래쪽이어서 들어가는 데 조금 불편했다. 출입구를 지나 계단을 내려가니 바닥이 마름모인 공간이 나타났다. 천장에서는 붉은색과 노란색 조명이 은은하게 비추고, 벽은 온갖 크기의 마름모가 어지럽게 그려져 있는데 가끔 정사각형도 보였다.

고난도   마름모 공간이야. 아마 돌 병사들도 마름모 형태로 움직일 거야.

황금비   그건 나도 알아냈어. 공간이 지닌 특성과 돌 병사들이 이루는 대형이 동일해.

고난도   공격 방식은 추가될지도 몰라.

황금비   그러겠지.

황금비는 가볍게 대꾸하더니 맞은편에 앉은 마법사를 향해 거침없이 나아갔다. 마법사가 지닌 아이템은 창이 네 자루인데, 끝이 바늘처럼 뾰족한 창, 끝이 둘로 갈라진 이지창, 끝이 셋으로 갈라진 삼지창, 드릴처럼 날이 꼬인 창이었다. 네 자루 창은 마법사 등 뒤에서 마름모를 이루며 떠 있었다. 돌 병사 넷이 황금비를 마름모꼴로 둘러쌌는데 방패는 들었지만 공격무기는 없었다.

마법사   능력치에 걸맞게 공격 능력을 강화해 주지.

마법사가 손가락으로 마름모를 그리자 네 자루 창이 사라지더니 돌 병사 손에 쥐어졌다. 돌 병사들은 마름모 대형을 유지하며 공격을 했다.

돌 병사들은 사각형 형태를 유지하며 공격했다. 각은 언제나 $90°$를 유지했고, 대변은 늘 서로 평행했다. 마주 보는 변(대변)끼리는 길이가 같았지만, 이웃하는 변과는 길이가 달랐다. 두 대각선의 길이는 항상 똑같았고, 서로를 이등분했지만, 정사각형과 달리 서로 직교하지는 않았다. 즉 공격대형이 직사각형으로서 지니는 특징을 한결같이 유지했다.

변의 길이는 계속 변했지만 네 변의 길이는 서로 같았다. 대변은 서로 평행했고, 대각선은 서로를 수직 이등분했다. 네 각은 끊임없이 변했는데 대각끼리는 각이 같았다. 그러다 보니 대각에 있는 병사들이 양쪽에서 공격해 오는 경우가 많았다. 긴 창으로 양쪽에서 찌르는 공격은 꽤 위협이 되었다. 특히 황금비는 길이가 짧은 쌍칼을 들었기에 긴 창에 대적하기가 쉽지 않았다. 다행히 움직임이 마름모의 특성[21]에서 벗어나지 않았

---

21 마름모의 특성.
- 대각의 크기가 각각 같다.
- 대변이 서로 평행하다.
- 두 대각선은 수직으로 만난다.
- 네 변의 길이가 모두 같다.
- 두 대각선은 서로를 이등분한다.

기에 위험천만한 상황에 놓이지는 않았다.

이전과 마찬가지로 처음에는 수비만 하던 황금비는 돌 병사의 특징을 모두 파악하자 곧바로 공격에 나섰다. 그러나 이번에는 쉽게 아킬레스건을 베지 못했다. 돌 병사들이 교대로 다가들며 빠르게 찌르고 물러나기를 반복하니 기회를 잡기가 쉽지 않았다. 그러다 가끔 공격 속도가 둔해졌는데 그것은 정사각형을 이룰 때였다. 정사각형은 마름모에 속하기에 돌 병사들은 가끔 정사각형의 특성에 따르기도 했다. 황금비는 직감으로 그것을 눈치챘고, 돌 병사가 둔해진 틈을 노려 아킬레스건을 베었다. 돌 병사 하나가 무너지니 나머지는 손쉽게 제압되었다.

마법사 눈썰미가 좋구나. 그러나 다음번에는 이런 행운을 누리지 못할 것이다.

마법사는 살짝 짜증을 내며 사라졌고, 네 자루 창은 황금비가 찬 아이템팔찌로 흡수되었다. 마법사가 사라진 자리에는 평행사변형 모양으로 생긴 문이 생겨났다.

고난도 아무래도 칼이 너무 짧아. 솔직히 조금 전에는 불안했어. 다음번에는 조금 전에 얻은 긴 창을 쓰면 안 될까?

황금비 여기서 얻은 아이템은 이곳을 벗어난 뒤에야 쓸 수 있어.

고난도   다음은 평행사변형의 특성[22]에 맞는 공격이 이루어질 거야.

마름모보다 훨씬 변화무쌍할 텐데 괜찮겠어?

황금비   걱정하지 마. 그냥 예전 감각을 되찾으려고 뜸을 들였을 뿐

이니까. 이제부터는 금방 끝낼 거야.

예상했던 대로 다음 공간은 평행사변형이었다. 천장에는 붉은색, 주황색, 노란색, 초록색 조명이 화려하게 빛났다. 벽은 평행사변형뿐 아니라 마름모, 직사각형, 정사각형이 뒤엉켜서 눈이 어지러울 지경이었다. 따지고 보면 마름모, 직사각형, 정사각형도 모두 평행사변형에 속하니 벽에는 평행사변형만 있는 셈이었다.

마법사는 삐딱하게 앉아서 두 손으로 저글링을 하고 있었다. 저글링에 사용하는 물건은 네 개였는데 화살표가 그려진 작은 공, 초침만 달린 꼬맹이 시계, 아기 손바닥만 한 거울, 빨래집게가 그려진 제법 큰 동전이었다.

고난도   저건 또 뭐야? 무슨 애들 장난감도 아니고.

황금비   그렇지 않아. '공'은 일정한 영역의 대기압을 높여서 움직임

을 둔하게 만들고, 시계는 짧은 거리를 순간이동 할 수 있

---

22   평행사변형의 특성.
- 대각의 크기가 각각 같다.
- 대변의 길이가 각각 같다.
- 대변이 서로 평행하다.
- 두 대각선은 서로를 이등분한다.

고, 거울은 상대방 공격을 반사하고, 동전은 상대방 아이템을 빼앗는 아이템이야. 모두 일회용이란 점이 아쉽기는 하지만 그래도 제법 유용해.

고난도 　상대방 아이템을 뺏을 수도 있어? 그게 메타버스에서 가능해?

황금비 　전투행성에서는 가능해. 다만 자기 것이 아니기에 일정 시간이 지나면 자동으로 원래 소유주에게 돌아가.

고난도 　저 아이템을 얻으면 나한테 줄 수 있어?

황금비 　네가 무슨 생각을 하는지는 알겠는데….

고난도 　그럼 주는 거지?

황금비 　알았어. 그렇게 할게.

황금비는 쌍칼을 꺼내 들고 방 중심으로 나아갔다.

마법사 　조건을 걸겠다.

황금비 　없는 조건을 만드는 건 규칙 위반일 텐데요.

마법사 　특별한 사정 때문에 허용이 되었다.

황금비 　조건이 뭐죠?

마법사 　네가 여기 왜 왔는지 이유를 알려 주면 원래 프로그래밍 된 대로 공격하겠지만, 네가 대답을 해 주지 않으면 이 아이템 중 하나를 발동하겠다.

고난도	그런 치사한 조건이 어디 있어요?
마법사	여기는 내 영역이다.

마법사는 의미심장한 웃음을 지었다.

황금비	대답해 줄 생각은 없으니까 원하는 대로 하세요.
마법사	좋지 않은 선택이다. 내가 이 아이템을 발동하면 일회용이 아니게 된다.
황금비	바쁘니까 빨리하세요.

마법사는 이맛살을 찌푸리더니 화살표가 그려진 공을 던졌다. 공은 천장에서 터지더니 형체도 없이 사라졌다. 공기가 무거워졌다. 강한 압력이 출입구에서 지켜보는 고난도에게도 전해졌다. 손가락 하나 움직이는 데도 온 힘을 다 써야만 했다.

돌 병사들은 평행사변형 대형을 이루었다. 움직임도 평행사변형의 특성을 그대로 따랐다. 움직임은 직사각형이나 마름모보다 훨씬 복잡하고, 창과 칼이 뒤섞인 공격 방식은 변화무쌍했다. 황금비는 강한 압력을 받는데 돌 병사들은 전혀 영향을 받지 않았다. 불리해도 너무나 불리한 조건이었다. 그러나 예상과 달리 싸움은 순식간에 끝나 버렸다. 잠시 힘들게 피하던 황금비는 평소와 다르지 않은 빠르기로, 어쩌면 평소보다 더 빠른 몸놀림으로 아킬레스건을 베어 버렸다. 워낙 전광석화 같은 공격이어서 눈썰미가 좋은 고난도조차 제대로 알아차리지 못할 정도였다. 의자에 느긋하게 앉아 있던 마법사가 깜짝 놀라 자리에서 일어났다. 그와 동시에 아이템 네 개는 황금비에게 흡수되었다.

마법사   말도 안 돼! 어떻게 이런 능력치를….

황금비   다음이 마지막이죠? 빨리 얻고 가야 하니 내려가서 기다리고 계세요.

마법사   오만 명 안에 드는 능력자인 줄 알았더니 일만 명 안에 드는 초능력자구나.

황금비   마법사가 원래 이렇게 말이 많았나요?

마법사는 이를 갈더니 의자를 세게 내리치고는 사라졌다.

고난도   *AI*가 화를 내다니… 확실히 전투행성은 일반행성과는 다르네.

황금비   *AI*가 아니야. 마법사는 실제 사람이 조종하는 아바타야.

고난도   그러면 조금 전처럼 도발하면 안 되잖아. 화가 나서 이상한 아이템을 쓰면 어떡하려고?

황금비   뭘 쓰든 상관없어.

고난도는 걱정이 컸지만, 황금비는 아무렇지 않게 사다리꼴 입구를 향해 빠르게 걸어갔다. 계단을 타고 내려가니 예상했던 대로 사다리꼴 공간이 나타났다. 천장에는 붉은색, 주황색, 노란색, 초록색, 파란색 조명이 현란하게 빛났다. 벽은 이제껏 어지러웠던 형태가 아니라 체계가 잡혀 있었다. 똑같은 문양이 네 벽에 새겨졌는데, 사다리꼴이 맨 바깥이고 평행사변형이 안쪽, 마름모와 직사각형은 평행사변형 안에서 나란히 자리하고, 마름모와 직사각형 안에 정사각형이 각각 그려져 있었다. 정사각형, 마름모, 직사각형, 평행사변형, 사다리꼴이 어떤 위계인지 정확히 보여 주는 그림이었다.[23]

돌 병사들은 이미 나와서 기다리고 있었다. 이번에는 방패도 없었다. 모두 검을 들었는데 검에서 신비한 기운이 돌았다.

마법사   마지막으로 다시 묻겠다. 여전히 이유를 밝히지 않겠는가?

황금비   이제야 제대로 된 아이템을 만났네요. 여기 온 보람이 있어요.

마법사   돌 병사들이 든 검이 어떤 아이템인지 안다면 지금 그 손에 든 낡고 볼품없는 칼로는 상대할 수 없다는 점도 잘 알겠지?

황금비   물론이죠.

마법사   사다리꼴은 한 쌍의 대변만 서로 평행하다는 특성 외에는 모두 자유롭다는 점도 잘 알겠지?

---

23   사각형의 위계.

황금비   당연히 잘 알죠.

마법사   그런데도 내 질문에 답을 해 주지 않겠다는 고집을 여전히
         부린단 말인가?

황금비   마법사면 마법사답게 자기 역할만 하세요.

마법사   좋아. 어디 네 능력치가 얼마나 대단한지 지켜보마.

마법사는 뜬금없이 주문을 외웠다.

고난도   저게 뭐야? 돌 병사들에게 철갑신발이 생겼어. 이러면 약점
         이던 아킬레스건을 공격할 수가 없잖아!

제곱복근 저 네 자루 검도 심상치 않아.

황금비   맞아요. 꽤 위험한 검이죠. 더구나 방금 마법사가 검 성능을
         세 단계나 올려 버렸어요. 안 그래도 엄청난 검들인데 더 엄
         청난 위력을 발휘하겠네요.

고난도   저 검들은 어떤 아이템이야? 생김새는 비슷비슷해 보이는데.

황금비   얼음의 검, 불의 검, 바람의 검, 번개의 검이야.

고난도   이름만 들어도 살벌하네. 그나저나 괜찮겠어?

황금비   그 성능을 정확히 알면 더 무서울걸.

고난도   그런데도 괜찮아?

황금비   이보다 더 극한 상황도 겪어 봤어.

황금비는 씩 웃더니 아무렇지 않게 사다리꼴 대각선이 교차하는 점에
섰다.

마법사 오만하기 짝이 없군. 아무리 일만 명 안에 드는 전사라도 그
     따위 무기로 상대하겠다니….

황금비 마법사가 된 지 얼마나 됐지?

황금비가 처음으로 존댓말을 쓰지 않았다. 더구나 말투에 경멸하는
투가 역력했다. 마법사는 대답은 안 하고 얼굴빛이 붉으락푸르락하더니
고함을 질렀다. 황금비가 미처 준비하기도 전에 돌 병사들이 검을 휘두르
며 황금비를 공격해 들어갔다. 얼음의 검에서는 북극 추위를 담은 찬 기
운이, 불의 검에서는 용광로의 열기가, 바람의 검에서는 토네이도의 매서
움이, 번개의 검에서는 푸른 불꽃이 휘몰아쳤다. 네 기운이 한꺼번에 황
금비를 찢어버릴 듯 쏟아졌다. 사다리꼴이라 두 변이 평행하다는 점을
빼고는 자유로웠기에 공격 방향을 예측하기도 어려웠다. 마법사는 득의
양양한 표정을 지었고, 고난도와 제곱복근은 걱정을 감추지 못했다.

그러나 예상치 못한 일이 벌어졌다. 황금비가 공격을 피해 높게 도약
하더니 허공에서 90°로 방향을 꺾어 마법사를 공격한 것이다.

마법사 이곳은 내 영역, 나를 공격해 봤자….

마법사가 비웃음을 채 거두기도 전에 쌍칼이 마법사의 목으로 파고들었다. 마법사 목에서 검은 물이 흘러내렸다.

마법사 　 말도 안 돼? 이곳은 내 영역인데… 이곳에서는 어떤 전사도 나를….

황금비 　 그래서 내가 물었잖아. 마법사 된 지 얼마나 됐냐고.

마법사 　 넌 도대체….

황금비 　 힘들게 아이템 마법사가 되었을 텐데, 안 됐지만 다시 첫걸음부터 노력해 봐.

마법사 　 자… 잠깐….

황금비는 기다리지 않았다. 마법사는 검은빛을 내뿜으며 소멸하였다. 돌 병사들도 멈추었고, 네 자루 검은 황금비에게 빨려들었다.

고난도 　 어떻게 된 거야?

황금비 　 본 대로 마법사를 공격했잖아.

고난도 　 그래도 되는 거야?

제굽복근 　 그래도 되는 게 아니고, 그런 공격이 허락된 등급이 있는 것이다. 소문은 대개 과장되게 마련인데, 너에 관한 소문은 그 반대였구나.

황금비 　 이제 나가시죠. 친구들을 구해야 하니.

황금비는 걸음을 빨리하며 출입구로 다가왔다. 계단을 다시 올라가서 빠져나가려는 의도였다. 출입구로 나가려는데 방이 갑자기 흔들렸다. 돌로 된 방이 마치 지진이 난 듯이 흔들리더니 크기가 제멋대로 변했다. 육면체 공간을 이루는 사각형이 마구잡이로 뒤틀렸다. 태풍이 몰아치는 바다 위에서 의지할 데 없이 작은 배 위에 서 있는 상황만큼 위험했다. 어떡하든 출입구로 가려고 했으나 사각형이 요동을 치면서 출입구도 사라져 버렸다. 이리 흔들리고 저리 쏠리며 정신을 차리기 힘들었다. 어떡하든 빠져나갈 구멍을 찾으려 했지만, 벽에는 빈틈 하나 보이지 않았다. 그러다 한쪽 구석으로 셋이 모두 몰렸는데, 갑자기 사각 막대기 형태로 모든 공간이 찌그러졌다. 갑작스러운 변형이었다. 벽이 아바타 몸을 바짝 내리눌렀다. 제곱복근이 온 힘을 쏟아 내며 줄어드는 벽을 막았다. 온 근육이 팽팽하게 부풀었다.

제곱복근 끄으응. 오래 못 버텨. 빨리 탈출할 방법을 찾아.

그나마 다행스럽게도 흔들림은 사라져서 아이템을 꺼낼 틈이 생겼다. 황금비는 조금 전에 얻은 아이템을 꺼내려고 했다. 그러나 아무리 건드려도 밖으로 빠져나오지 않았다. 아직 아이템을 얻은 공간에서 벗어나지 못했기 때문이었다. 벽을 뚫고 탈출하는 데 쓸 만한 다른 아이템은 없었다.

고난도 칫, 아까운데….

그렇게 말하면서도 고난도는 머뭇거리지 않고 아이템 하나를 꺼냈다. 끝에 마름모꼴 다이아몬드가 달린 작은 팽이였다. 고난도는 팽이 끝을 좁은 벽 귀퉁이에 대더니 손으로 돌렸다. 팽이는 맹렬하게 회전하며 벽을 뚫고 나갔다. 회전력이 워낙 강했기에 벽에 아바타 둘이 들어가고도 남을 구멍이 뚫렸다. 고난도와 황금비가 구멍으로 먼저 빠져나갔다. 제곱복근은 있는 힘껏 벽을 밀어낸 뒤에 구멍으로 몸을 날렸다. 제곱복근이 빠져나오자마자 벽은 작은 틈새조차 남기지 않고 달라붙었다. 충돌음이 강하게 울리며 막대기 하나가 바닥으로 떨어졌다.

　　막대기는 둘레가 둥근 봉이었는데, 지름이 $3cm$에 길이는 $1m$쯤 되었다. 고난도는 그 봉을 집어 들어서 이리저리 살피며 만지작거렸다. 봉은 고난도가 만질 때마다 길어지기도 하고, 줄어들기도 했다. 어떨 때는 바늘처럼 짧아지고 어떨 때는 장대높이뛰기에 쓰는 봉처럼 길어졌다. 일정한 길이 이하로 줄어들면 두께도 줄어드는데 장대처럼 길게 늘어나도 지름은 $3cm$를 넘지 않았다. 특이한 점은 아무리 길어져도 강도가 전혀 약해지지 않고 단단하다는 것이었다. 육면체 공간이 줄어들고 늘어나는 성질이 봉에 깃든 듯했다. 여러 번 만지면서 고난도는 봉의 길이를 조절하는 법을 완벽하게 익혔다.

황금비　　자유롭게 길이를 조절하는 봉이라니, 손오공이 쓰던 여의봉(如意棒)이잖아. 전투행성에 이런 아이템이 있다는 말은 들어본 적이 없는데.

고난도	나한테는 무기가 아니야. 한정판이지. 이런 한정판은 정말 특별해.

고난도는 여의봉을 바늘처럼 줄인 뒤에 한정판 보관함에 넣었다. 고난도가 아이템팔찌를 닫으려는데 갑자기 '삐삐' 하며 요란한 신호음이 들렸다. 고난도는 잔뜩 긴장하며 주위를 두리번거렸다.

고난도	비례요정이야. 내 립스틱이 얼마 떨어지지 않은 거리에 있다는 신호야.
황금비	이상하잖아. $100km$ 안으로 들어오면 무조건 잡힌다면서 이렇게 갑자기 울리다니.
고난도	그러게. 이럴 리가 없는데….

그때 제곱복근이 다급하게 말했다.

제곱복근	비례요정이 가까이 있든 멀리 있든 간에 벽이 또다시 줄어들고 있어.

한쪽 벽이 점점 가까워졌다. 벽을 뚫는 아이템도 써 버렸기에 조금 전과 같은 상황이 벌어지면 방법이 없었다. 그때 눈이 빨간 흰 토끼 한 마리가 갑자기 나타나더니 잰걸음으로 벽으로 다가갔다. 꽉 막힌 벽이었는데

도 흰 토끼가 다가가자 벽이 갈라지며 작은 틈이 생겼다.

04. 이상한 나라의 닮은 도형

: 도형의 닮음 :

흰 토끼는 조끼 주머니에서 시계를 꺼내서 본 뒤에 허둥지둥 집어넣고는 물이 모래에 스며들 듯이 틈새로 사라졌다.

고난도   저 토끼를 뒤따라가자.

틈새로 들어가자 하얀빛이 사라지며 긴 동굴 속을 뛰어가는 토끼의 뒷모습이 보였다. 토끼가 뛰어가는 모습이 마치 바람이 흐르는 듯해서 실제로 흰 토끼가 존재하는지 의심스럽기까지 했다. 그렇지만 되돌아갈 길이 없기에 토끼를 뒤따라갈 수밖에 없었다.

토끼가 모퉁이를 돌면서 '내 귀와 수염아, 너무 늦었어.' 하며 중얼거리는 소리가 들렸다. 황금비 일행은 토끼를 뒤쫓아 모퉁이를 돌았는데, 토끼는 보이지 않고 긴 줄에 매달린 붉은 전등만 이리저리 흔들렸다. 그곳에는 토끼가 빠져나갈 만한 문이 없었다. 귀퉁이에 구멍 하나가 뚫려 있지만, 쥐 한 마리가 겨우 지나갈 만한 크기라 토끼가 지나가기에는 턱없이 작았다. 이곳저곳을 살피던 고난도는 귀퉁이에 놓인 탁자를 열더니 작은 물병 세 개를 꺼냈다. 물병에 달린 종이 꼬리표에는 '마셔요'라는 예쁜 글씨가 적혀 있었다.

황금비 마시지 말라고 적혔어도 마셔야 할 상황이네.

고난도 앞뒤 정황을 보면 여기는 『이상한 나라의 앨리스』를 체험하는 곳이야. 물병에 든 음료를 마시면 저 구멍으로 들어갈 만한 크기로 줄어들 거야.

황금비 구멍을 통과한 뒤에 안 커지면…?

고난도 걱정하지 마. 구멍을 통과하면 몸을 원래대로 키워 주는 케이크가 있을 테니까.

황금비 그걸 어떻게 확신해?

고난도 『이상한 나라의 앨리스』에 그렇게 나와 있어.

고난도는 머뭇거리지 않고 물병을 입에 댔다. 효과는 금방 나타났다. 몸이 쑥 줄어들더니 쥐구멍을 통과할 만한 크기가 되었다. 크기만 줄어들었을 뿐 생김새에는 전혀 변함이 없었다. 모든 몸이 똑같은 비율로 줄

어들었기 때문이다.[24]

고난도   예전에 화살에 맞았을 때보다는 훨씬 좋아.

고난도는 손과 팔을 살피며 흡족한 웃음을 지었다. 황금비는 물병을 입에 대려다가 멈추고는 고난도를 향해 손을 뻗었다. 큼지막한 손이 고난도 머리를 쓰다듬었다.

황금비   넌 계속 이렇게 지내는 게 어때? 큰 아바타일 때보다 훨씬 귀여운데.

고난도는 황금비 손을 툭 치더니 바닥을 기어서 구멍으로 들어갔다. 황금비는 어깨를 으쓱하더니 물병을 입에 댔다. 제곱복근도 물병에 든 음료를 마셨고 이내 몸이 줄어들었다. 쥐구멍을 통과하니 조금 전과 똑같은 공간이 나왔다. 붉은 전등이 흔들리며 그림자를 만드는데 어둠 속으로 흰 토끼가 늦었다며 바쁘게 뛰어가는 모습이 보였다. 토끼는 서두르느라 가죽 장갑과 부채를 떨어뜨렸다. 황금비가 장갑과 부채를 주우러 가는데 큰 손이 하늘에서 나타났다. 큰 손은 황금비 머리를 쓰다듬더니 머리카락을 톡톡 건드렸다.

---

24 한 도형을 일정한 비율로 확대하거나 축소했을 때 다른 도형과 합동이면, 이 둘은 서로 닮은 도형이라고 한다.

고난도   넌 계속 이렇게 지내는 게 어때? 아주 귀여운데.

어느새 자기 몸집으로 돌아온 고난도가 싱글벙글 웃으며 황금비 머리를 건드리며 놀렸다. 황금비는 눈살을 찌푸리며 아이템팔찌에서 번개가 일렁이는 검을 꺼냈다.

고난도   그렇다고 검을 꺼내냐?

고난도는 장난스럽게 손을 휘저으며 뒤로 물러났다. 황금비는 고개를 갸웃하더니 힘들게 검을 아이템팔찌에 집어넣었다. 잠시 고민을 하다가 고난도가 내미는 케이크를 받아 들었다. 황금비와 제곱복근은 케이크를 먹었고 몸은 원래 크기로 돌아왔다. 황금비는 토끼가 떨어뜨리고 간 가죽 장갑과 부채를 챙겼다. 동굴은 점점 넓어졌고 어느새 넓은 들판이 나왔다. 바위 사막 한복판에 이런 데가 있으리라고는 상상도 못 한 풍경이었다. 하늘에는 무지개구름이 떠다니고, 들판에는 온갖 동물들이 수다스럽게 어울렸다.

황금비   저기에 토끼 발자국이 남아 있어.

일행은 토끼 발자국을 서둘러 따라갔다. 동물들이 계속 말을 걸었지만 무시하고 발자국만 따라갔다. 그러다 단단한 돌길이 나왔다. 토끼 발자국을 더는 볼 수 없었다. 길이 여러 갈래로 나뉘었기에 어디로 가야 할지 헷갈렸다. 그때 갈림길 옆에 선 큰 나무 위에서 웃음을 한가득 머금은 고양이가 나타났다.

고난도   체셔 고양이야. 『이상한 나라의 앨리스』에서 내가 가장 좋아하는 캐릭터인데.

고난도는 체셔 고양이에게 바짝 다가갔다.

고난도   안녕! 체셔 고양이야.

고양이 입이 더 크게 벌어지자 그에 따라서 웃음도 더 커졌다.

고난도   우리가 어느 길로 가야 하는지 알려 줄래?
고양이   너는 어디로 가고 싶은데?
고난도   여길 빠져나가고 싶어. 우리 친구들을 구해야 하거든.
고양이   그렇다면 어느 길로나 가도 돼. 모든 길은 다 닮았거든. 멀기도 하고 가깝기도 하겠지만 닮은꼴은 결국 같아.

고양이는 싱긋 웃더니 모습이 희미해져 갔다. 고양이 말대로라면 어느 길로 가든 나갈 수는 있을 것이다. 그러나 빨리 나가는 길과 오래 걸리는 길은 나뉘는 듯했다. 만약 잘못해서 오래 걸리는 길로 들어섰다가는 친구들을 구할 시간이 없는 상황에 부닥칠 수도 있었다.

황금비   우리는 흰 토끼가 어디로 갔는지 알고 싶어.

황금비는 장갑과 부채를 내밀어 체셔 고양이에게 보여 주었다. 희미해지던 체셔 고양이 몸이 다시 진해졌다.

황금비   흰 토끼가 이걸 떨어뜨리고 갔어.

고양이   그 녀석은 불쑥 나타났다가 말없이 사라져.

황금비   이 부채와 장갑을 돌려주고 싶어.

고양이   그건 하얀 여왕이 상으로 주었는데, 그게 없이 여왕에게 갔다가는 흰 토끼는 목이 잘려 죽을 거야.

황금비   흰 토끼 목숨을 구하고 싶어.

고양이   냄새가 나. 오른쪽 다섯째 길로 갔어. 그리 멀지 않아.

고난도   친절하게 알려 줘서 고마워. 그리고 난 『이상한 나라의 앨리스』 책에서 네가 가장 좋아.

고양이   히히히, 나도 내가 가장 좋아.

체셔 고양이는 꼬리 끝에서 얼굴로 천천히 사라졌다. 웃음은 얼굴이 사라졌음에도 나뭇가지에 걸려 있었다.

　　　고양이는 사라졌는데 웃음은 남아 있어. 고양이가 없는 웃
음이라니 정말 신기해.

황홀경에 빠진 고난도를 황금비가 잡아끌었다. 체셔 고양이가 알려
준 길로 얼마 가지 않았는데 집 한 채가 나왔다. 급히 문이 닫히는데 하
얀 꼬리가 보였다. 재빨리 문을 열고 집 안으로 들어갔다. 후다닥 뛰는 소
리가 들리더니 뒷문이 쾅 닫혔다. 문 위에 달린 작은 종이 파르르 떨렸다.
조심스럽게 뒷문을 열고 나갔다가 황금비와 고난도는 얼굴빛이 얼음처
럼 굳어 버렸다.

모자 장수　　　어서 와. 안 그래도 기다리고 있었어.

머리보다 더 큰 모자를 쓴 모자 장수가 의자에서 일어나더니 빈 의자
를 가리켰다. 이미 세 사람이 올지 알았다는 듯 식탁 위에는 홍차 세 잔
이 나란히 놓여 있었다. 식탁은 제법 큰 정사각형이었는데 맞은편에는 너
클리드와 비례요정이 떨떠름한 표정으로 찻잔을 든 채 만지작거렸고, 모
자 장수 맞은편에는 피타고X가 팔짱을 낀 채 험악하게 눈살을 찌푸리
고 있었다. 셋 다 마스크로 얼굴을 가렸기에 차를 마실 수는 없었다.

모자 장수　　　이 사람들에게 차를 대접했는데 좀처럼 마실 생각을 안 하
네. 차를 마시며 대화를 나누고 싶은데 말이야.

모자 장수는 주머니에서 시계를 꺼내서 시간을 확인하고는 손끝으로 시계를 세 번 두드렸다.

모자 장수　긴장하지 말고 앉아. 곧 있으면 삼월 토끼가 올 거야. 그때까지 너희들은 내 말벗이 되어 줘.

황금비　저들은 여기서 뭐 하는 거죠?

모자 장수　바깥에서 괴물들에게 붙잡혀 소멸하기 직전에 내가 데려왔어. 내가 은혜를 베풀었으니 내 소원을 하나씩 들어줘야 보내주겠다고 했는데 내 소원을 들어줄 생각을 안 하네. 그래서 차를 마시며 천천히 생각해 보라고 하는데 차도 안 마신 채 저러고 계속 앉아 있어.

황금비　저들은 무서운 자들이에요.

모자 장수　여긴 3월이야. 아무도 내 시간을 이겨 내지 못해. 그나저나 삼월 토끼가 늦네. 삼월 토끼가 올 때까지 너희들이 내 말 상대가 되어야 하니 어서 앉아.

모자 장수가 손가락을 까딱하자 의지와 상관없이 몸이 의자 위로 끌려갔다. 의자를 벗어나려고 했지만 아무리 힘을 써도 꿈쩍할 수가 없었다.

모자 장수　말했잖아. 여긴 3월이라고.

황금비　우린 당신한테 빚진 게 없어요.

모자 장수	빚진 게 없다니. 그대로 뒀으면 돌 사이에 끼어서 소멸될 걸 내가 구해 줬잖아.
황금비	우리는 흰 토끼를 따라왔을 뿐이에요.
모자 장수	그게 우연이라고 생각해?
황금비	원하는 게 뭐죠?
모자 장수	다들 차 한 잔씩 해.

황금비는 손을 아래로 내린 채 몰래 아이템팔찌를 건드렸다. 여차하면 무기를 꺼내서 공격할 속셈이었다. 그러나 아무리 아이템팔찌를 건드려도 반응이 없었다. 그제야 너클리드와 피타고X가 썩은 뿌리를 씹은 표정으로 의자에 가만히 있는 까닭이 이해됐다. 모자 장수는 이곳에서 시간을 지배하는 존재였다. 시간을 지배하면 모든 걸 지배한다.

고난도	차가 맛있네요. 녹차와 홍차를 기반으로 레모네이드 향을 첨가하다니, 속이 편안해지고 부드럽게 감싸는 느낌이에요.

고난도는 편하게 앉아 차를 마시고는 잇달아 감탄했다. 황금비는 그런 고난도가 의아했다. 고난도는 오감 신경연결망을 장착하지 않았다. 메타버스이기에 차를 마신다고 해도 맛을 느끼지 못할 텐데 고난도는 마치 진짜로 맛을 느낀 듯이 반응했다.

모자 장수	차 맛을 아는군.
고난도	당신은 차와 닮았어요.
모자 장수	까마귀와 책상은 닮았지.
고난도	맞아요. 다리가 있죠.
모자 장수	잠자면서 숨을 쉬는 거나, 숨을 쉬면서 잠자는 거나 마찬가지지.
고난도	닮은꼴이죠.
모자 장수	너는 나와 닮았어.
고난도	저보다 당신과 더 닮은 사람이 있어요. 수학탐정단을 이끄는 모둠장인데 모자를 정말 좋아해요. 당신이 쓴 모자를 보면 감탄할 거예요.
모자 장수	그런 멋진 사람이 있단 말이야?
고난도	우리가 지금 가서 구해 주지 않으면 소멸될 위험에 처했어요. 물론 가지고 있는 멋진 모자도 모두 잃고.
모자 장수	그것 참 안 됐군.

모자 장수는 무미건조하게 답하고는 자리에서 일어났다.

모자 장수	그나저나 삼월 토끼는 왜 이리 안 오지?

모자 장수는 삼월 토끼를 찾으러 집 안으로 들어갔다. 황금비는 의자

에서 일어나려고 애를 썼지만 강력한 접착제라도 사용한 듯이 엉덩이가 의자에서 떨어지지 않았다.

너클리드　애써 봐야 소용없어. 나도 저 녀석을 쳐 죽이고 싶지만 어쩌지 못하는 중이니까.

피타고X는 팔짱을 끼고 두 눈을 감은 채 아무런 대꾸도 안 했다. 마스크 안이 어떤 표정일지 충분히 어림이 되었다.

너클리드　너희들 때문에 우리 꼴이 말이 아니야.

황금비　도둑은 도둑질이 자기 신세를 망쳤음에도 경찰이 자기 신세를 망쳤다고 경찰을 원망하죠.

너클리드　넌 아직 세상 물정을 몰라.

황금비　물론 전 어려요. 그렇지만 규칙을 함부로 어기고 자신이 하고 싶은 대로 아무거나 하는 게 자유가 아니라는 점은 잘 알아요.

너클리드　넘겨줄 생각이 없겠지?

너클리드는 피타고X를 힐끗 보며 물었다. 황금비는 너클리드가 목걸이를 지칭하는 것임을 잘 알고 있었다. 황금비는 피타고X가 걸고 있는 목걸이가 궁금했다. 두 목걸이를 모두 차지하면 어떻게 될까? 너클리드가 말한 대로 메타버스 질서를 송두리째 바꿔 버릴 만한 힘이 두 목걸이에 담겨 있을까?

고난도   내 한정판 립스틱이나 내놔요.

비례요정은 왼손으로 이마를 짚더니 긴 한숨을 내쉬었다.

황금비   피타고X 당신이 왜 우주공연장에서 관객들을 납치해 이곳
          에 떨어뜨렸는지 다 알아요.

제곱복근   저자가 피타고X라고?

황금비   맞아요. 관객들을 모조리 메좀비로 만들어 메타버스에 퍼트
          릴 계획이었죠.

비례요정   당신이 메좀비를 만들었어? 미쳤군!

너클리드   자신이 움켜쥔 힘을 그딴 데나 쓰다니, 탐욕에 찌든 놈.

황금비   도대체 그런 짓을 왜 한 거죠?

비례요정   '전'을 벌려는 짓이겠지. 더미언과 아르테미스 팬이라면 전 세
          계에서 모였으니 그들이 메좀비가 되면 무시무시한 팬데믹
          이 벌어질 거야. 그때 메좀비에 감염된 아바타들을 치료하
          는 치료제나 예방약을 내놓으면 엄청난 '전'을 벌 테니까.

너클리드   저놈 성정을 보건대 완벽한 치료제는 안 팔 거야. 일정한 기
          간마다 끊임없이 먹어야 하는 예방약이나, 치료하더라도 꾸

준히 먹어야 하는 치료제를 팔겠지. 모든 아바타가 생체물약

처럼 메좀비 예방약과 치료 약을 계속 먹는다고 생각해 봐.

고난도   엄청난 '전'을 긁어모으겠군요.

피타고X는 비난이 쏟아져도 눈을 감은 채 아무런 반응을 하지 않았다.

황금비   이곳에서 벗어날 방법은 없나요? 공연장이 모래강에 떨어져

서 블랙홀로 흘러가는 중이라 빨리 가서 구해야 해요.

너클리드   이곳은 환상행성이야.

황금비   환상행성이라니… 말도 안 돼요.

너클리드   메타버스 세상에서 내 기술이 아예 통하지 않는 곳은 환상

행성 한 곳뿐이야.

고난도   조금 전까지 분명히 전투행성이었는데….

비례요정   통로는….

비례요정은 말을 하다 말고 피타고X와 너클리드를 뚫어지게 쳐다봤
다. 어떤 해답을 찾거나 질책을 하는 듯한 표정이었다. 그 표정 속에 어떤
말 못 할 비밀이 숨겨진 듯했다.

비례요정   통로는 얼마든지 연결할 수 있어.

고난도   비행선이 폭발하면서 전투행성과 환상행성을 잇는 통로가

열렸다는 말인가요?

비례요정 　메타버스는 수학으로 만든 세상이야. 아무리 연결을 끊으려해도 연결을 완전히 끊을 수는 없어. 수학은 모든 세상을 하나로 이으니까.

고난도 　그렇지만 환상행성은 메타버스 전체에서 가장 강력한 알고리즘이 지배해요. 다른 메타버스 세상과는 그 어떤 영향도 주고받지 않는다고 알고 있는데….

비례요정은 대답은 안 하고 또다시 너클리드와 피타고X를 향해 시선을 돌렸다. 그 시선에 어떤 답이 있는 듯했다.

황금비 　당신들이 통로를 여는 방법을 아는군요. 어쩌면 당신들이 그 통로를 여는 방법을 개발했을지도 모르죠.

너클리드와 피타고X는 입을 꾹 다물고 아무런 대답도 하지 않았다. 더 캐물어 봐야 대답해 줄 사람들이 아니었기에 황금비는 말을 돌렸다.

황금비 　알겠어요. 그럼 여기서 벗어날 방법은 없는 건가요?

너클리드 　내가 보기에 삼월 토끼가 오고, 다시 사라져야 가능해.

고난도 　3월이 지나고 4월이 되어야 한다는 말이군요.

황금비 　그럴 시간이 없어요. 지금도 모래강은 흐른다고요.

너클리드　　포기해. 모자 장수가 풀어 주지 않는 한 우린 여기서 못 나가.

너클리드도 눈을 감고 팔짱을 끼었다.

고난도　　아무리 생각해도 립스틱 한정판을 넘겨주지 않은 건 못된
　　　　　행동이었어요.

비례요정　　그건 내 립스틱이야.

고난도　　제 거예요. 당신은 도둑이라고요.

비례요정　　어휴, 지긋지긋해.

비례요정은 또다시 한숨을 내쉬더니 눈을 감아 버렸다. 대화가 끊어지
자 한동안 어색한 침묵이 흘렀다. 마치 밀랍으로 만든 전시물처럼 아무
런 변화도 없는 상태가 이어졌다.

고난도　　뭔 소리가 들리지 않아?

황금비　　안 들리는데….

고난도　　누가 다가오잖아. 혹시 삼월 토끼인가?

돌로 된 담벼락이 살짝 벌어지며 흰 토끼가 고개를 쑥 내밀었다.

고난도　　당신이 삼월 토끼인가요?

흰 토끼　　혹시 내 장갑과 부채를 못 봤니?

황금비　　이거 말인가요?

흰 토끼는 반색하며 들어오더니 장갑과 부채를 낚아채듯 가져갔다. 흰 토끼는 아기를 만지듯 장갑과 부채를 쓰다듬었다.

흰 토끼　　넌 내 생명을 구한 은인이야. 뭘 도와줄까?

황금비　　우리를 여기서 벗어나게 해 줘요.

흰 토끼　　이건 모자 장수가 연 다과회야.

황금비　　불가능하단 말인가요?

흰 토끼　　그렇진 않아. 다만 나중에 내가 모자 장수에게 은혜를 갚아
　　　　　 야 하는데…. 좋아, 내 목숨을 구해 줬는데 내가 부탁을 들
　　　　　 어주지 않으면 결례지.

흰 토끼는 장갑을 끼고 부채를 왼손에 들더니 '짝' 소리가 나도록 활
짝 폈다. 흰 토끼가 부채를 살랑살랑 흔들었다. 봄바람이 일렁이듯 공기
도 흔들렸다. 꽉 막혔던 시간도 함께 흘렀다.

흰 토끼　　내가 나가면 곧바로 따라 나와.

흰 토끼는 말을 마치자마자 벽으로 스며들었다. 흰 토끼가 사라진 곳

에 흰빛으로 가득한 공간이 생겼다. 황금비와 고난도는 쏜살같이 그 틈으로 들어갔다. 어느새 눈을 뜬 비례요정과 너클리드가 그다음으로 빠져나가고, 피타고X와 제곱복근이 마지막으로 빠져나왔다.

밖으로 나오자마자 고난도와 황금비는 빨간 페인트 통을 든 채 하얀 장미에 색칠하는 트럼프 병사들과 마주쳤다. 『이상한 나라의 앨리스』에 나오는 그 트럼프 카드 병사들이었다. 트럼프 병사들은 갑작스럽게 나타난 이방인에 놀라서 뒤로 넘어졌다. 페인트 통이 바닥에 엎어지고, 빨간 페인트가 반쯤 묻은 장미 한 송이가 꺾였다. 틈새로 빠져나오자마자 너클리드와 비례요정은 피타고X를 공격하려고 했고, 피타고X는 황급히 몸을 피했다.

고난도　　와, 한정판이다!

고난도는 환호성을 지르며 바닥에 떨어진 장미를 집어 들었다. 흰색과 빨간색이 반반씩 섞인 장미였다.

고난도　　이 장미, 제가 가져도 되나요?

트럼프 병사들은 바닥에 넘어진 채 어찌할 바를 몰랐다. 고난도는 그들이 보인 반응을 허락으로 해석했다. 장미를 손에 든 채 기쁨을 주체하지 못했다. 그때 '둥' 하는 북소리가 크게 울렸고, '멈춰라!' 하는 명령이 떨어졌다. 워낙 중후하고 묵직한 명령이어서 모든 이들이 저절로 제자리에 멈췄다. 바닥에 넘어져 있던 트럼프 카드 병사들은 화들짝 놀라며 땅바닥에 바짝 엎드렸다.

너클리드   하얀 여왕이다.

피타고X를 잡으려던 너클리드는 얇은 탄식을 내뱉더니 무릎을 꿇었다. 어떤 상황에서도 별다른 표정 변화가 없던 제곱복근조차 긴장한 기색을 드러내며 무릎을 꿇었다. 황금비는 너클리드와 제곱복근이 긴장하는 까닭을 정확히 몰랐지만, 분위기를 파악하고 재빨리 무릎을 꿇었다. 그러나 고난도는 달랐다.

고난도   하얀 여왕님이다.

고난도는 『이상한 나라의 앨리스』에 나오는 하얀 여왕을 생각하며 앞으로 나아갔다. 그러나 창을 든 병사들이 가로막아서 더는 여왕에게 다가가지 못했다. 병사들은 외모부터 무서웠다. 장미를 칠하던 병사들은 몸은 트럼프 카드지만 머리와 팔다리는 일반 아바타와 다름없었다. 그러나 창을 든 트럼프 병사들은 머리부터 달랐다. 원형으로 생긴 머리가 몸을 이루는 트럼프 카드에 아슬아슬하게 붙었는데 빨간 눈동자 두 개 외에는 아무것도 없었다. 팔은 거미처럼 여덟 개나 되었고, 다리는 단단하고 묵직한 철제여서 로봇이 연상되었다.

병사들 뒤로는 거대한 가마가 허공에 떠서 서서히 다가왔다. 가마를 든 사람이 아무도 없고, 특별한 장치도 없었다. 가마 뒤로는 화려한 복장을 한 신하들이 허리를 살짝 숙인 채 가마를 향해 서 있었다. 수십 명이나 되는 신하들은 생김새와 복장이 천차만별이었다. 신하들 맨 앞에 있는 흰 토끼는 약간 긴장한 듯 보였다.

가마 위에는 머리부터 발끝까지 온통 흰 빛인 여왕이 차가운 기운을 내뿜으며 앉아 있었다. 여왕은 가만히 자리에 앉아 주변에는 관심조차 없다는 듯 탁자 위에 놓인 물건들을 만지작거렸고, 바로 옆에는 오래된 그리스식 옷을 입은 나이 지긋한 학자가 여왕이 멈칫거릴 때마다 한두 마디씩 조언했다. 늙은 학자는 수염이 풍성하고 코는 오뚝하고 깊은 눈에서는 헤아리기 힘든 통찰이 느껴졌다. 왼손에는 큼지막한 직각삼각형 형태의 자를 들었는데 자 표면에는 무수한 수학 기호가 적혀 있었다. 아무래도 수학자 같았다. 고난도는 그 수학자를 어디서 본 듯했다. 그러나 아무리 기억을 뒤져도 누구인지 떠올릴 수 없었다. 웬만한 일은 떠올리려고 하면 거의 다 기억해 내는 고난도이기에 스스로 당황스러움을 느꼈다.

여왕이 만지는 물건은 마트료시카 인형[25]이었다. 인형을 열면 그 안에 조금 작은 인형이 나타나고, 그 인형을 열면 또다시 그보다 작은 인형이

---

25 마트료시카.
    러시아 전통 인형으로 오뚝이처럼 생겼는데, 보통 러시아 전통 두건을 두른 소녀 형상이다. 큰 인형 안에 그보다 작은 크기의 인형이 반복해서 들어 있어서 인형 안에서 인형을 꺼낼 수 있다. 이 장면에서는 닮은 도형이 어떤 개념인지 드러내기 위해 마트료시카 인형을 활용했다.

나타났다. 그러기를 수십 번은 반복했기에 탁자 위에는 크기는 다르지만 서로 닮은꼴인 인형이 수십 개가 놓이게 되었다. 크기를 견주며 가만히 인형을 살피던 여왕은 처음과 반대 순서로 작은 인형을 조금 큰 인형에 넣으면서 모든 인형을 하나로 합체했다. 옆에서 가만히 지켜보던 수학자는 탁자 위에 수많은 삼각형을 뿌렸다.

수학자 　한 도형을 일정한 비율로 확대하거나 축소한 도형이 다른 도형과 합동일 때 도형은 서로 닮음인 관계에 있다고 하고, 닮은 관계에 있는 두 도형을 닮은 도형이라고 합니다. 먼저 닮은 도형끼리 분류하시면 됩니다.

하얀 여왕 　합동인 도형은 모양과 크기가 모두 같고, 닮은 도형은 모양만 같은 도형이라고 했지?

수학자 　그렇습니다. 합동은 모양과 크기, 닮음은 모양만 같으므로 합동은 닮음에 포함됩니다.

하얀 여왕 　삼각형에서 닮은 도형은 어떻게 구별한다고 했지?

수학자 　세 가지입니다. 가장 쉬운 방법은 각의 크기가 같은 삼각형을 찾는 것인데, 두 쌍의 대응각[26]의 크기가 각각 같으면 닮

26　대응변, 대응각, 대응점.
　서로 닮은 두 개의 도형에서 서로 대응하는 변, 각, 점을 각각 대응변, 대응각, 대응점이라 한다. 두 다각형이 합동이거나 닮았을 경우 두 개의 다각형을 겹치면 대응각은 그 크기가 같다. 두 다각형이 합동이면 대응변의 길이가 모두 같고, 다각형이 닮음이면 모든 대응변은 그 길이의 비가 같다.

은 도형입니다.[27]

하얀 여왕은 수학자가 알려 준 대로 삼각형을 분류했다. 분류를 마친 뒤 마트료시카 인형을 결합하듯이 작은 삼각형을 큰 삼각형 안에 집어넣었다. 닮은 도형이기에 작은 도형은 겹치는 선이 없이 큰 도형 안으로 쏙 들어갔다. 신기하게도 작은 삼각형을 그보다 큰 삼각형 안에 넣으면 한 덩어리가 되어 버렸다. 모든 작업이 끝나자 수학자가 다시 손을 흔들었다. 이번에는 무수한 사각형이 탁자 위에 뿌려졌다.

하얀 여왕   이번에도 닮은 도형끼리 분류를 먼저 해야겠지?

수학자   네. 맞습니다.

하얀 여왕   사각형도 대응각은 크기가 같아야 하고, 대응변은 그 비가 일정해야겠군.

수학자   정확하십니다. 닮음이란 결국 그 비율을 조정하면 똑같아진다는 의미입니다.

하얀 여왕은 삼각형보다 더 빠르게 사각형을 분류했다. 분류를 마친 뒤에는 마트료시카 인형을 결합하듯이 작은 사각형을 큰 사각형 안에

---

27 삼각형의 닮음 조건.
첫째. 두 쌍의 대응각이 각각 같은 크기일 때. (AA닮음)
둘째, 두 대응변이 각각 길이의 비가 같고, 그 끼인각이 같은 크기일 때. (SAS닮음)
셋째, 세 쌍의 대응변이 모두 그 길이의 비가 같을 때. (SSS닮음)

집어넣었다. 삼각형 묶음과 마찬가지로 닮은 도형끼리 하나로 합쳐졌다. 수학자가 다시 손을 흔들었고, 이번에는 부채꼴과 원이 탁자 위에 뿌려졌다.

하얀 여왕   원은 모두 닮은 도형이군.
수학자   맞습니다. 모든 원은 서로 닮았습니다.
하얀 여왕   부채꼴은 중심각이 같으면 모두 닮은 도형이겠네.
수학자   맞습니다. 중심각만 같으면 길이를 확대하거나 축소하면 모두 합동이 되기 때문입니다.

여왕은 원은 하나로 모으고, 부채꼴은 각이 같은 것끼리 빠르게 분류했다. 이번에도 마트료시카 인형을 합체하듯이 닮은 도형끼리 하나로 합체를 했다. 수학자는 원기둥과 삼각뿔을 여러 개 뿌렸다.

하얀 여왕   입체도형에서는 닮음을 찾으려면 어디를 견줘야 하지?
수학자   일단 면이 닮았는지 확인하십시오. 면이 닮았는지 확인한 뒤에는 대응하는 모서리끼리 그 길이의 비가 같은지 확인하면 됩니다.
하얀 여왕   원기둥은 면이 모두 닮았으니 모서리 길이만 확인하면 되겠네. 그런데 원기둥 모서리는 어디지?
수학자   원기둥의 전개도를 상상해 보십시오.

하얀 여왕　　그럼 되겠군. 모서리와 반지름만 확인하면 닮은 도형인지 알
　　　　　　수 있겠어.

　　하얀 여왕은 원기둥과 삼각뿔도 마트료시카 인형처럼 닮은 도형끼리
하나로 합체했다. 설명은 길게 했지만, 마트료시카 인형, 삼각형, 사각형,
원, 부채꼴, 삼각뿔, 원기둥을 합체한 시간은 그리 길지 않았다. 왜냐하면
하얀 여왕은 방법을 이해하자마자 엄청난 손놀림으로 모든 걸 해냈기 때
문이다. 모든 합체를 끝낸 뒤에 하얀 여왕은 다시 수학자에게 물었다.

하얀 여왕　　평면도형과 입체도형을 합체하다 보니 이상한 점이 나타나
　　　　　　는군.
수학자　　　그것이 무엇입니까?
하얀 여왕　　길이의 비에 따라 면적이나 부피의 비도 일정할 줄 알았는
　　　　　　데 달라졌어. 안에 끼워 넣어 보니 길이의 비와 맞지 않아.
수학자　　　그건 당연합니다.
하얀 여왕　　왜 당연하지?
수학자　　　삼각형의 면적을 구하려면 '밑변'과 '높이'를 곱해야 합니다.
　　　　　　길이의 비가 같다면 곱셈을 하니 당연히 곱한 만큼 비율이
　　　　　　변해야지요.
하얀 여왕　　같은 길이의 비만큼 곱해지니 길이의 비를 제곱한 것이 면적

의 비율이 되겠군.[28]

수학자 그러면 입체도형도 어찌 되는지 이해하시겠지요?

하얀 여왕 당연히 입체도형의 표면적은 길이의 비를 제곱한 값이 될 테고, 부피는 세 제곱한 값이 되겠지.[29]

수학자 맞습니다. 마트료시카는 바로 입체도형의 부피와 길이의 비를 적절하게 맞춰서 만든 인형입니다. 마트료시카 인형에 닮은 도형의 원리가 숨겨져 있던 것입니다.

하얀 여왕 아주 좋아. 아주 만족스러워. 이제 내 병사들을 어떻게 늘릴지 정확히 이해했어.

하얀 여왕이 마지막에 왜 그런 말을 했는지 고난도 일행은 그때는 미처 알아차리지 못했다. 정확히 말하면 하얀 여왕이 왜 쓸데없어 보이는 도형 맞추기 놀이를 하는지 이해하지 못했다. 그저 권력자가 심심한 시간을 보내기 위한 놀이 정도로만 여겼다. 수학자와 대화를 끝낸 하얀 여왕은 그제야 이방인들에게 눈길을 주었다.

---

28 닮은 평면도형에서 넓이의 비.
　닮음비가 $m : n$이라고 할 때
　● 평면도형 둘레를 모두 더한 길이의 비는 $m : n$
　● 평면도형 넓이의 비는 $m^2 : n^2$

29 닮은 입체도형에서 부피의 비.
　닮음비가 $m : n$이라고 할 때
　● 평면도형 겉넓이의 비 $m^2 : n^2$
　● 평면도형 부피의 비는 $m^3 : n^3$

하얀 여왕   너희들은 누구냐? 왜 허락도 없이 내 왕국에 들어왔느냐?

조용하지만 차가운 음색인데 풍기는 기운이 살벌했다. 마치 송곳이 가슴을 찌르는 듯했다.

너클리드   폐하, 저희는….

너클리드가 몸을 더 바짝 숙이며 어떤 말을 하려고 했다. 그제야 하얀 여왕은 엎어진 페인트 통과 칠하다가 만 하얀 장미를 발견했다. 또한 고난도 손에 들린 장미가 흰색과 빨간색이 반반인 것도 발견했다. 하얀 여왕은 손을 불끈 쥐더니 다짜고짜 명령했다.

하얀 여왕   감히 나를 속이다니…. 이 자들의 목을 모조리 베어라.

붉은 눈이 번쩍이더니 트럼프 카드 병사들이 일행을 빙 둘러쌌다. 황금비는 아이템팔찌를 열려고 했지만 아무런 반응이 없었다.

너클리드   말했잖아. 여긴 환상행성이라고. 전투행성에서만 쓰는 검은 여기선 못 써.
황금비   방법이 아예 없어요?
너클리드   방법은 하나뿐이야. 목걸이 두 개를 합치면 돼.

황금비   안 속아요.

피타고X   은둔미녀가 잃어버린 목걸이를 누가 가졌는지 알고 있어?

피타고X는 황금비와 너클리드를 번갈아 보며 두 눈을 번쩍였다. 그러나 더는 대화가 이어지지 못했다. 병사들이 무서운 기세로 창을 찌르며 공격했기 때문이다. 황금비는 바람 같은 몸놀림으로 공격을 피하고 곧바로 반격했다. 비례요정은 유연함으로 공격을 피하고 긴 다리로 병사들을 걷어찼다. 너클리드는 허우적거리며 피하기 바빴고, 피타고X는 바닥을 뒹굴며 공격을 간신히 피했다. 고난도는 여유롭게 피했지만, 반격은 전혀 하지 못했다. 제곱복근은 찔러오는 창을 움켜쥐더니 병사를 멀리 던져 버렸다. 얼마 지나지 않아 트럼프 카드 병사들은 모두 바닥에 나뒹굴었다.

하얀 여왕   감히 나에게 맞서다니….

하얀 여왕은 탁자 위에 놓인 마트료시카 인형을 움켜쥐었다. 손가락을 튕기자 합체를 해 놓은 원, 부채꼴, 삼각형, 사각형, 삼각뿔, 원기둥이 마트료시카 인형 주위로 두둥실 떠올랐다.

하얀 여왕   닮음의 병사들이여 내 명령을 들어라!

하얀 여왕이 명령을 내리자 마트료시카 인형이 부풀어 올랐다. 하얀 여왕 손에서 벗어난 마트료시카 인형은 사람 몸집만큼 커졌다. 점점 붉은 빛이 강해지더니 둘러싸고 있던 도형을 빨아들였다.

비례요정   저게 도대체 뭐야?

너클리드   조짐이 좋지 않아.

피타고X   아무래도 병사들을 복제하려는 것 같은데….

비례요정   복제라니 무슨 말이야?

피타고X   내 짐작이 맞는다면 저 괴상한 마트료시카 인형과 마찬가지로, 닮은꼴을 이용해 무수히 많은 복제 병사들을 만들려는 거야.

비례요정   그럼 병사들이 무수히 많이 늘어난다는 뜻이잖아.

너클리드   안 그러기를 바라지만… 아무래도 그 말이 맞는 모양이다.

안타깝게도 피타고X가 한 예상은 적중했다. 마트료시카 몸이 벌어지더니 트럼프 카드 병사들이 엄청나게 쏟아져 나왔다. 병사들은 몸과 팔다리는 똑같았지만, 머리는 달랐다. 머리가 부채꼴, 원, 사각형, 삼각형, 삼각뿔, 원기둥 형태였다. 수백 명이나 되는 병사들이 일행을 겹겹이 에워쌌다.

병사들은 붉은 눈을 부라리며 창을 날카롭게 찔러 댔다. 싸움은 조금 전과 같은 양상으로 이어졌다. 황금비는 바람 같은 몸놀림으로 공격을 피하고 곧바로 반격했다. 비례요정은 유연함으로 공격을 피하고 긴 다리로 병사들을 걷어찼다. 너클리드는 허우적거리며 피하기 바빴고, 피타고 X는 온갖 굴욕스러운 동작으로 도망 다녔다. 고난도는 여유롭게 피했지만, 반격은 전혀 하지 못했다. 제곱복근은 찔러오는 창을 움켜쥐더니 병사를 멀리 던져 버렸다. 셋은 피하기만 했고, 셋은 반격을 했다.

그렇지만 반격은 위기를 돌파하는 데 그리 큰 도움이 되지 않았다. 쓰러뜨린 병사들이 다시 일어나서 공격을 해왔기 때문이다. 소멸시키지 않으면 수백 명이나 되는 병사들에게 계속 공격을 당하다 지쳐서 쓰러질 수밖에 없었다. 그런데 이유는 모르겠지만 몇몇 병사들이 갑자기 더는 일어나지 못하고 소멸되기도 했다. 피하기 급급하고, 수백 명에 맞서 싸우느라 정신이 없어서 다들 그 점에 주목하지 못했지만, 고난도만은 그 점을 놓치지 않았다. 처음에는 원, 부채꼴, 삼각형, 사각형, 삼각뿔, 원기둥 머리를 한 병사들은 같은 방식으로 공격하면 쓰러지는 듯 보였다. 그렇지만 꼭 그렇지만도 않았다. 같은 삼각형 머리였지만 다른 방식으로 공격했을 때 소멸되기도 했고, 같은 사각형 머리인데 같은 공격이 전혀 통하지 않기도 했다. 그 때문에 소멸을 일으키는 공격이 불규칙한 듯 보였지만 사례가 늘어나자 일정한 규칙이 드러났다. 그것은 바로 닮음이었다. 같은 형태가 아니라 닮은 도형은 같은 공격이 먹히고 있었다.

원은 모두가 닮은 도형이기에 한 가지 방법이 모두 통했다. 처음에는 바로 그 점 때문에 같은 도형은 같은 방식으로 소멸시킬 수 있다고 착각했다. 고난도는 수학자와 하얀 여왕이 나누었던 대화를 떠올렸다. 수학자는 하얀 여왕에게 닮은 도형을 가려내는 법을 알려 주었다. 하얀 여왕은 마트료시카 인형과 닮은 도형을 결합해서 수많은 복제품을 만들어 냈다. 병사들 몸은 모두 같은 트럼프 카드지만 머리는 다 달랐다. 똑같은 머리, 그러니까 합동인 도형은 하나도 없고, 서로 닮은 형태만 무수히 많았다. 결국 닮은 도형을 이용해 병사들을 복제해 냈다면, 닮은 도형은 같은 공격에 약점을 드러낼 수밖에 없었다.

고난도   잘 들어 봐요.

고난도는 피하고 싸우느라 바쁜 일행들에게 소리를 질렀다.

고난도   저 병사들은 닮은 도형의 성질을 이용한 복제품이에요. 머리가 닮은 도형인 경우 똑같은 공격을 하면 소멸이 돼요. 원은 스페이드(♠) 오른쪽 맨 위, 부채꼴은 중심각 크기가 큰 것부터 작은 것으로 맨 아래 스페이드 왼쪽에서 오른쪽으로 공격하세요. 그리고….

고난도가 알려 주는 방식은 즉각 효과를 발휘했다. 숫자는 많았지만, 병사들의 공격력은 그리 강하지는 않았다. 공격하는 방식이 일정했고, 그리 빠르게 찌르지도 않았다. 몸싸움을 잘 못하는 너클리드와 피타고X 조차 타격할 기회를 잡을 정도였다. 수백 명이나 되는 병사들이 빠르게 소멸되었다.

하얀 여왕 감히 내 왕국에서 내 병사들을 죽이다니…, 용서하지 않겠다.

하얀 여왕은 더욱 분노하여 병사들을 무수히 많이 복제했다. 병사들이 끊임없이 늘어나더니 수만 명이나 되는 거대군단을 이루었다. 숫자가 워낙 많아서 쓰러뜨리고 쓰러뜨려도 끝이 없었다. 생체물약으로 알짜힘을 보충할 틈조차 없었다. 그대로 가다가는 알짜힘을 다 쓰고 소멸될 수밖에 없었다. 도망칠 길을 찾거나, 병사들을 한꺼번에 물리칠 방법을 알아내지 못하면 끝장이었다.

위기가 닥치면 긴장하고 평소 능력조차 발휘하지 못하는 사람이 있는 반면에, 어떤 사람은 위기 시에 평소에는 상상조차 못 했던 능력을 발휘하기도 한다. 고난도가 바로 그런 능력자였다. 고난도는 혼란한 전투 중에 희끗거리는 웃음을 발견했다. 체셔 고양이가 사라지면서 지은 웃음이 나무 위에서 계속 어른거렸다. 웃음 사이로 입술이 가끔 달싹거렸는데 마치 이쪽으로 오라고 속삭이는 듯했다. 체셔 고양이가 왜 고난도 일행을 도와주려고 하는지는 모르지만 도움을 주려는 뜻은 분명해 보였다. 속임수인지 아닌지를 고민할 여유는 없었다.

고난도 금비야! 도망갈 길을 찾았어. 날 따라와.

고난도가 앞장서 뛰자 황금비가 그 뒤를 따랐고, 곧바로 너클리드와 비례요정이 그 뒤를 쫓아갔다. 피타고X는 잠시 망설이는 듯했지만 제곱복근마저 고난도를 쫓아가자 하는 수 없이 뒤따라 뛰었다.

고난도는 체셔 고양이가 남긴 웃음을 따라갔다. 웃음은 계속 옮겨갔는데 이상하게도 병사들은 웃음이 나타난 곳에서 밀려났다. 그 덕분에 싸움도 하지 않고 수만 명이나 되는 병사들 틈새를 뚫고 도망칠 수 있었다. 고난도 일행이 포위망을 벗어나자 하얀 여왕은 벼락같이 고함을 질렀고, 병사들은 일제히 창을 던졌다. 창이 비처럼 날아왔다. 창이 모든 공간을 꽉 채우며 날아왔기에 피할 데가 없었다.

흰 토끼 여기로 들어와.

흰 토끼가 작은 바위에서 불쑥 튀어나왔다. 흰 토끼가 나온 곳에는 흰빛이 일렁이는 틈새가 여러 군데 생겼다. 고난도와 황금비, 제곱복근과 피타고X, 비례요정과 너클리드가 각각 다른 틈새로 뛰어들었다. 흰빛이 사라졌고, 그 자리에 우박이 떨어지듯 수천 개나 되는 창이 꽂혔다.

05. 무게중심과 좀비 군단

: 길이의 비와 무게중심 :

바닥과 천장이 모두 원형인데, 천장이 바닥보다 약간 좁아서 내부는 원뿔대 형태로 보였다. 바닥과 벽뿐 아니라 천장까지 모두 단단한 콘크리트고, 천장 중심에 설치된 원형 *LED*가 실내를 밝히는 유일한 조명이었다. 천장에는 불이 나면 자동으로 물이 쏟아지는 장치인 스프링클러가 곳곳에 설치되어 있었다. 현악기 줄을 튕기는 소리가 끊이지 않고 났는데 워낙 소리가 작아서 명확하게 들리지는 않았다. 바닥에는 낡은 옷을 입은 아바타들이 줄을 맞춰 누워 있는데 그 형상이 몹시 흉측했다. 딱 봐도 일반 아바타는 아니었다.

출입구는 정반대 방향이기에 밖으로 빠져나가려면 공간을 가로질러 가야만 했다. 고난도와 황금비는 대화를 나누며 출입구를 향해 걸었다.

고난도	이것들은 도대체 다 뭘까?
황금비	글쎄. 일반 아바타는 아니고 어떤 용도를 위해 보관하는 아바타 같은데….
고난도	관리AI도 아니고….
황금비	정체가 뭐든 일단 여기서 빠져나가자.

그때, 바로 옆에 있던 몇몇 아바타들이 꿈틀댔다. 손가락을 넓게 벌리고 입에서 짐승 같은 소리가 흘러나왔다. 이빨은 온통 핏빛이었고, 목에는 푸르스름한 핏줄이 도드라졌다.

황금비	귓속말 설정으로 바꿔. 빨리!

고난도는 황금비가 시키는 대로 얼른 대화를 귓속말 설정으로 바꿨다.

고난도	왜 그래?
황금비	이것들은 전부 좀비야.
고난도	맙소사! 이게 다 좀비라고?
황금비	우리 목소리와 발소리에 반응해서 깨어나려고 했던 거야.
고난도	좀비가 소리에 민감하구나. 그나저나 이렇게 많은 좀비가 여기에 왜 있지?
황금비	좀비 대전이 얼마 뒤에 열린다고 했잖아. 아마 좀비 대전에

쓰려고 준비했나 봐.

고난도   이 좀비는 메좀비와는 다르겠지?

황금비   생김새를 보니 달라.

고난도   이 좀비들한테 물리면 일정 기간만 좀비처럼 행동하다 원래
          대로 돌아오잖아. 아이템을 잃거나 능력이 사라지지는 않으
          니 물려도 위험하진 않겠어.

황금비   그렇긴 하지만 지금 물렸다가는 친구들을 못 구해.

고난도   그건 나도 알아.

귓속말 대화를 하며 그 자리에 머물렀다. 황금비는 좀비가 확실히 깨
어나면 공격하려고 무기를 꺼낼 준비를 했다. 그때 현악기 줄을 튕기는
소리가 일정하게 다시 들렸고, 깨어나던 좀비가 수면 상태로 빠져들었다.

고난도   저 현악기 소리가 좀비를 수면 상태로 만드는 모양이야.

황금비   싸우지 않아도 돼서 다행이야. 우리가 조심스럽게 움직이면
          깨어나지 않을 거야.

황금비와 고난도는 조심하며 발을 옮겼다. 중심부에는 좀비들이 누워
있지 않아서 출입구까지 가로질러 가기에는 딱 좋았다. 중심부로 다가가
자 현악기 소리가 조금씩 커졌다.

고난도   저기서 소리가 나나 봐.

황금비와 고난도는 오랜 세월을 이겨 낸 고풍스러운 나무상자를 발견했다. 현악기 줄을 튕기는 소리는 그 나무상자에서 났다. 높이가 낮은 직사각형 상자인데, 기타처럼 위에 둥근 구멍이 뚫려 있었다. 현은 딱 하나뿐이었는데 길이가 자동으로 늘었다 줄었다 하면서 일정한 간격으로 소리가 울렸다. 고난도와 황금비는 잠시 멈춰서 현이 내는 소리에 귀를 기울였다.

황금비   내가 음악은 잘 모르지만, 도레미파솔라시도와 비슷하면서도 조금 달라.

고난도   그러네. 잠시만…, 이거 순정률[30]이야.

황금비   순정률이 뭐야?

고난도   그렇구나! 아까 그 수학자가 누구인지 기억났어. 어쩐지 익숙하더라니…. 활동하는 아바타만 떠올리다 보니 수학 역사관에서 본 동상을 생각 못 했던 거야. 그 유명한 피타고라스 정리를 만든 바로 그 사람이었어.

---

30 순정률.
    피타고라스가 발견했다고 해서 '피타고라스 음률'이라고도 한다. 피타고라스는 만물을 수로
    나타내려고 했는데, 음정도 수로 이루어졌다는 사실을 발견했다. 순정률이란 두 현의 길이를
    유리수의 비로 나타내는 것으로 기준 음에서 $\frac{2}{3}$ 로 줄이면 완전 5도로 조화로운 음이 난다
    는 사실에 기초해 각 음을 정하는 조율법이다.

황금비 피타고라스라니 도대체 무슨 말이야?

고난도 하얀 여왕 옆에 수학자가 있었잖아.

황금비 닮은 도형에 관해 설명했던 그 사람?

고난도 그래. 그 사람이 바로 피타고라스였어.

황금비 그건 알겠는데 이 순간에 왜 갑자기 피타고라스 얘기를 하는데?

고난도 저 현악기에서 나는 소리가 바로 피타고라스 음률, 곧 순정률이거든.

황금비 그러니까 순정률이 뭐냐고?

고난도 잠깐만…, 지금 울리는 소리가 기준 음이야. 그러니까 '도' 음이야. 그리고 한 옥타브 위 음인 '도', 다음은 '파', 다시 기준 음인 '도', 다음은 '솔', 그다음은 한 옥타브 위인 '레', 다음은 '라', 다시 한 옥타브 위인 '미', 그리고 아래 음 '미', 그리고 마지막으로 '시'. 그러고 나서 잠시 쉬었다가 다시 기준 음 '도'가 나.

도(기준 음) → 도(위) → 파 → 도(기준 음) → 솔
→ 레(위) → 레 → 라 → 미(위) → 미 → 시

황금비 내가 음악은 잘 모르지만 약간 어색해.

고난도 맞아. 현대에는 순정률인 피타고라스 음률은 안 쓰고 평균

율[31]을 쓰거든. 나도 메타버스 음악 학교에서 배웠어. 피타고라스는 기준 음과 $\frac{2}{3}$ 비율인 음을 완전 5도라고 해서 가장 아름다운 화음으로 여겼어. 완전 5도는 도–솔이야. 그리고 기준에서 $\frac{1}{2}$ 비율인 음을 한 옥타브 위 음으로 삼아서 음계를 만들었지.

고난도는 메모지를 꺼내서 오선지를 만든 뒤 간단하게 피타고라스가 음률을 정한 방식을 그림으로 그렸다.

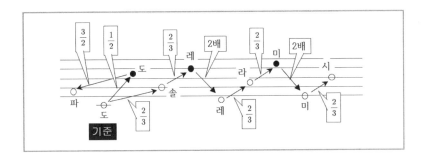

황금비는 오선지에 그려진 그림과 중앙에 놓인 악기에서 현이 늘어나고 줄어드는 길이를 가만히 관찰했다. 현의 길이를 보면서 소리를 들으니 현의 길이와 음이 어떤 관계인지 정확히 이해되었다.

---

31 평균율.
한 옥타브를 자연 음이 아니라 균일하게 나누어 음계를 만드는 방식. 현대에는 옥타브를 12개 반음으로 나누는 12 평균율을 주로 사용한다.

음		기준 길이	
○도		기준 길이	1
●도		기준 길이의 1/2	1/2
○파		●도 길이의 3/2	3/4
○솔		기준 길이의 2/3	2/3
●레		○솔 길이의 2/3	4/9
○레		●레 길이의 2배	8/9
○라		○레 길이의 2/3	16/27
●미		○라 길이의 2/3	32/81
○미		●미 길이의 2배	64/81
○시		○미 길이의 2/3	128/243

● : 한 옥타브 위의 음을 뜻함

황금비   내 별칭인 황금비도 황금비율[32]에서 따왔는데, 음악에도 황
금비와 같은 비율이 숨어 있다니 참 신기하네.

고난도   나는 좀비를 순정률로 안정화한 게 더 신기해.

황금비   나중에 좀비와 싸울 때가 되면 이 원리를 써먹어야겠어. 이
제 빨리 나가자.

현에서 나는 소리를 들으며 조심스럽게 걸어가는데 갑자기 스프링클

---

32 황금비율.
선분 AB 위에 점 C가 있을 때 $AC:CB=AB:AC$가 되도록 분할하는 비율을 말한다.

$$A \qquad C \qquad B$$

이 비율은 대략 1:1.618…이 되는데 이것을 황금비율이라 한다. 이 황금비는 이차방정식 x^2
$-x-1$의 해와 같다. 황금비율은 고대 그리스인들이 발견했고, 가장 조화롭고 아름다운 상
징으로 여겨서 다양한 예술작품과 건축에 사용되었다.

러에서 액체가 뿌려졌다. 액체가 피부에 닿는 순간 서늘한 기운이 돌았다. 고난도는 재빨리 아이템팔찌에서 우산을 꺼내서 황금비와 같이 썼다.

고난도	단순한 액체가 아니야.
황금비	좀비한테 뿌리는 화학약품이네.

황금비 말이 맞았다. 화학약품이 뿌려지자 좀비에서 흰 거품이 나며 조금 더 흉악한 기운이 돌았고, 피부가 더 징그럽게 바뀌었다.

고난도	저 약품으로 좀비를 만들어 내나 봐. 피부에 맞았다가는 우리도 이상하게 변할지 몰라.

잠시 뒤 스프링클러가 멈추자 고난도는 약품에 젖은 우산은 버리고, 아이템팔찌에서 챙이 넓은 모자를 두 개 꺼내더니 하나를 황금비에게 건넸다.

고난도	낚시할 때 쓰던 우산이야. 언제 약품이 쏟아질지 모르니 쓰고 가자.
황금비	고마워. 네 아이템팔찌는 정말 보물창고야.
고난도	운이 좋을 뿐이지.

고난도와 황금비는 조심스럽게 걸어서 출입문에 이르렀다. 출입문은 손으로 밀면 간단히 열리는 구조였다. 출입문을 나온 고난도와 황금비는 바깥 풍경을 보고 기겁했다. 조금 전에 원뿔대라고 생각했던 공간은 원뿔 건물이었다. 원뿔이 두 개 층으로 나뉘었는데 고난도와 황금비는 아래층에 있어서 원뿔대로 여긴 것이다. 원뿔 건물은 새로운 공간의 중심부를 차지하고 있었다. 새로운 공간은 또다시 원뿔대 형태인데, 콘크리트로 된 벽과 바닥, 천장은 조금 전과 같았다. 스프링클러가 설치된 것과 일정한 규칙으로 현악기 소리가 들리는 것도 똑같았다. 다만 그 크기는 조금 전에 나온 공간보다 훨씬 넓어서 바닥에 잠든 좀비 숫자가 몇 배는 많았고, 현악기에서 나는 소리는 사뭇 달랐다. 그렇지만 현악기 소리가 좀비들을 수면 상태로 유지하게 만들고, 스프링클러가 좀비를 길러 내는 점은 같았다.

이번에도 소리를 내지 않기 위해 조심하면서 출입문으로 향했다. 출입문 바로 옆에 현악기가 설치되어 있었다. 이번 현악기는 고풍스러운 나무로 만든 직사각형 모양에 둥근 구멍이 뚫린 형태는 엇비슷했지만 현의 생김새가 달랐다.

가로로 쇠막대기 세 개가 나란히 달렸는데 기타에서 음을 나누는 프렛(Fret)과 엇비슷했다. 쇠막대기에는 정밀한 눈금이 새겨져서 그 길이를 정확히 알 수 있었다. 위와 아래쪽 쇠막대기는 고정인데 가운데 쇠막대기는 속에서 밖으로 오르락내리락하였다. 속으로 들어가면 현에서 떨어졌고 밖으로 오르면 현에 닿아서 팽팽한 긴장감을 만들어 냈다.

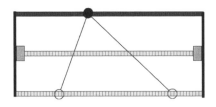

현은 두 가닥인데 위쪽은 한 점에 고정되어 있고, 아래쪽은 두 점으로 나뉘어서 쇠막대기를 밑변으로 하고 현을 두 변으로 하는 삼각형을 이루었다. 아래쪽 두 점은 현이 울릴 때마다 미세하게 움직였다.

현은 일정한 규칙에 따라 소리가 순서대로 울렸다. 먼저 가운데 쇠막대기가 올라오면 왼쪽 짧은 현에서 소리가 나고, 쇠막대기가 내려가면 왼쪽 긴 현에서 소리가 났다. 그다음에 다시 가운데 쇠막대기가 올라오면 오른쪽 짧은 현이 울리고, 쇠막대기가 내려가면 오른쪽 긴 현이 울렸다.

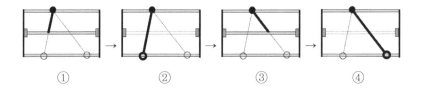

이렇게 네 번을 한 묶음으로 하여 소리가 끊임없이 반복되었다.

황금비   여기서는 이 네 가지 음으로 좀비들을 잠재우나 봐.

고난도   잘 들어 보면 첫째와 둘째, 셋째와 넷째 음 비율이 같아.

황금비　어, 그러네.

고난도　왼쪽 ① : ②의 비와 오른쪽 ③ : ④의 비가 같잖아.[33] 그래서 소리도 그 비율처럼 같은 비율로 들리는 거야.

황금비　결국 여기도 음의 조화가 좀비들을 수면 상태에 빠지게 하는구나.

고난도　비례를 활용한 현악기 음으로 좀비를 다스리다니 참 기발한 기술이야.

황금비　원래 좀비들은 소리에 민감하거든. 그래서 그런 기술을 만들어 냈을 거야. 그나저나 저기 원뿔 건물이랑 이 현이 만들어 낸 형태가 똑같은 게 우연일까?

고난도　우연이 아닐 수도 있지.

33　삼각형에서 평행선과 선분 길이의 비.

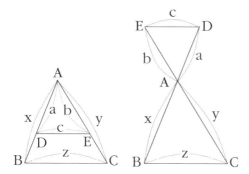

$\triangle ABC$와 $\triangle ADE$는 세 각이 모두 같다. (AA닮음)
$\triangle ABC$와 $\triangle ADE$가 닮은꼴이므로
$a : x = b : y = c : z$

그런 대화를 나누고 출입문을 열려고 하는데 난데없이 강한 진동이 일어났다. 건물 전체가 흔들리는 강한 진동으로 인해 좀비들이 꿈틀댔다. 다행히 좀비들이 완전히 깨어나지는 않았다. 문제는 다른 데 있었다.

고난도   이런, 진동 때문에 현이 움직였어.

위쪽 현은 한 점에 고정된 채 그대로 있었으나 아래 쇠막대기에 걸린 현이 크게 움직여 버린 것이다. 그러다 보니 현이 내는 소리는 조화가 깨졌고 좀비들은 점점 움직임이 커졌다. 조금만 더 지나면 좀비들이 모조리 일어날 테고, 그러면 저 엄청나게 많은 좀비와 싸워야만 한다.

황금비   빨리 현을 제자리로 돌려놔야 해.

황금비가 재빠르게 현을 눈대중으로 움직였다. 그러나 소리가 조금 전과 달랐다.

고난도   비켜 봐. 조금 전에 음은 길이가 2:3으로 완전 5도였어. 2:3
            을 맞추려면 중간 쇠막대기와 아래 쇠막대기 눈금으로 비율
            을 맞춰야 해. '①번 현 : ②번 현 = ③번 현 : ④번 현 = 중
            간 쇠막대기 길이 : 아래 쇠막대기 길이'의 비율이 같으니까,
            중간 쇠막대기 길이와 아래 쇠막대기 길이의 비율만 2:3으

로 맞추면 현이 내는 소리의 비율도 조화롭게 될 거야.

    고난도는 중간과 아래 쇠막대기 길이의 비를 계산하더니 현을 그대로 옮겼다. 처음에는 약간 음이 엇나갔지만, 비율을 정확히 맞추니 다시 조화로운 음이 들렸다. 불협화음에 활성화되던 좀비들은 다시 안정화되었다. 고난도와 황금비는 조심스럽게 문을 열고 밖으로 나갔다.

    밖으로 나갔지만, 여전히 그곳은 건물 안이었다. 그리고 고난도와 황금비는 엄청난 광경에 놀라서 입을 다물지 못했다. 조금 전과 마찬가지로 그곳은 원뿔대 형태로 생긴 공간이었다. 황금비와 고난도는 원뿔대 천장 바로 아래로 나왔는데, 계단이 벽면을 타고 나선형으로 연결되어 바닥까지 이어져 있었다. 원뿔대 천장에는 종유석처럼 생긴 원뿔이 붙어 있는데, 바닥에 설치된 원뿔대와 꼭짓점을 맞대고 있었다. 옆에서 보면 마치 삼각형 두 개가 꼭짓점을 맞대고 있는 형상이었다. 둘째 계단 옆에는 또다시 현악기가 설치되어 있는데 그 형태가 중심부에 있는 두 원뿔 형태와 같았다. 그러니까 현이 엇갈려서 위쪽과 아래쪽 쇠막대기로 연결된 것이다.

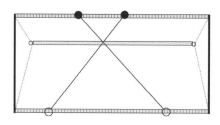

조금 전 진동 때문에 현이 틀어졌고, 그 때문에 좀비들이 천천히 깨어났다. 아직은 느렸지만 마치 거대한 파도가 일렁이는 듯했다. 그대로 두면 완전히 각성하는 것은 시간문제였다. 손으로 힘을 줘 보니 위쪽 쇠막대기 현은 고정되어 움직이지 않았지만, 아래쪽은 부드럽게 움직였다. 중간에 쇠막대기는 위아래 방향으로 자유롭게 이동할 수 있었다. 다행히 위와 아래 쇠막대기에는 정밀한 눈금이 새겨져 있었다. 고난도는 이번에도 완전 5도, 그러니까 2:3 비율에 맞춰 현의 길이를 조정했다. 눈금 덕분에 현의 길이를 정확히 맞추기는 어렵지 않았다. 음이 조화를 이루니 좀비들은 다시 수면 상태로 빠져들었다.

나선형 계단을 타고 쭉 내려와 곧바로 출입문으로 나갔다. 이번에는 드디어 바깥이었다. 맑은 하늘이 보였다. 오랜만에 보는 하늘이 무척이나 반가웠다. 그러나 엄청난 광경에 곧바로 기가 질리고 말았다. 조금 전에 나온 곳은 거대한 원뿔대의 중간 지점이었다. 원뿔대 건물은 광장 중심부에 자리했는데 광장에는 무수히 많은 좀비가 들끓었다. 이미 각성된 채 활동하는 좀비들이었다. 광장은 10m나 되는 높은 성벽으로 둘러싸였기에 좀비들이 밖으로 나갈 수는 없었다. 원뿔대 건물과 성벽 위에는 수십 개나 되는 삼각형 비행체가 날아다녔다. 비행체에서는 일정한 간격으로 화학약품이 분사되었다. 문제는 이렇게 거대한 건축물이 한두 곳이 아니라는 점이었다. 황금비와 고난도가 있는 곳과 똑같은 건축물이 드넓은 야산에 빼곡했다. 얼핏 봐도 요새가 백 채는 되었다. 도대체 얼마나 많은 좀비가 좀비 대전을 위해 준비되는지 어림조차 할 수가 없었다.

　심각한 문제는 광장에 있는 좀비가 황금비와 고난도를 발견했다는 사실이었다. 다행히 원뿔대는 경사가 심해서 곧바로 올라오지 못하고, 원뿔대 외부로 난 나선형 계단을 타고 와야 하기에 당장 공격을 당하지는 않겠지만, 좀비들이 들이닥치는 것은 시간문제였다.

　고난도　　이 악기를 조율해야 해.

　고난도는 출입구 바로 옆에 놓인 현악기를 만졌다. 쇠막대기가 세 개인 점은 같았다. 위쪽 쇠막대기에 현 두 줄이 조금 떨어져서 고정되어 있었다. 아래쪽 쇠막대기에 걸린 현은 좌우로 이동할 수 있었다. 아래쪽 막대기에 걸린 현이 움직이는 바람에 비율이 깨졌고, 그로 인해 음의 조화가 깨진 것이다.

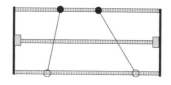

　가운데 막대기는 속으로 들어갔다 바깥으로 나왔다 하면서 현의 길이에 따른 소리를 내고 있었다. 현에서 나는 소리는 삼각형 형태의 현악기

에서 소리가 나던 방식과 같았다. 왼쪽 짧은 현, 긴 현, 그리고 오른쪽 짧은 현, 긴 현이 순서대로 소리가 났다.

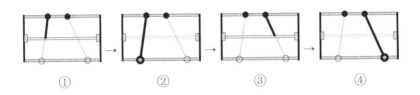

① ② ③ ④

고난도는 현을 맞추느라 애를 먹었다. 아무리 움직여도 조화로운 소리가 나지 않았다.

황금비   조금 전에 했던 것처럼 눈금에 맞춰서 조율하면 안 돼?

고난도   그건 비율이 안 맞아.

황금비   삼각형은 옆 변 비율과 밑변끼리 비율이 같았잖아.

고난도   오른쪽 현을 수평 이동하면 삼각형이 되잖아. 그걸 생각해 보면 돼.[34]

---

34 평행사변형(평행선)에서 선분 길이의 비.

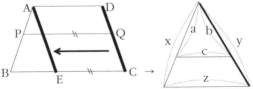

DC를 AE로 수평 이동한다고 생각하면 삼각형에서 선분 길이의 비와 똑같아진다.
$(a:x=b:y=c:z)$
따라서 $\overline{PQ}:\overline{BC}$ 가 $c:z$와 늘 같다고 말할 수는 없다.

황금비　　　아, 그러네. 그럼 어떻게 해?

고난도　　　운에 맡겨야지.

좀비는 시시각각 다가왔다. 황금비는 나선형 복도를 타고 올라오는 좀비를 살피더니 아이템팔찌를 열었다. 일단 모자, 조끼, 장갑, 신발을 꺼내더니 고난도에게 건넸다.

황금비　　　혹시 모르니까 일단 이거 입어. 널 보호해 줄 거야.

고난도　　　너는 어떡하고?

황금비　　　나는 이 정도 좀비에게 당하지 않으니까 걱정하지 마.

고난도는 황금비가 건네는 아이템을 재빨리 장착하고는 다시 현악기 현을 조율했다. 황금비는 석궁을 꺼내 등에 메고, 불의 검과 번개의 검을 양 허리에 찼다. 그러고는 화살표 공과 초침 시계를 주머니에 넣고 지퍼를 닫았다.

황금비　　　무기는 뭐로 줄까? 반응속도를 높여 줄 바람의 검이 좋을까?

고난도　　　무기는 됐어. 나는 여의봉을 쓰면 돼.

황금비는 경계하면서 초조하게 고난도가 조율에 성공하기를 기다렸다. 좀비가 10여m 거리까지 다가왔다. 황금비는 불의 검과 번개의 검을 손에 쥐었다. 그때 어색하던 음이 점점 맞아 들어가더니 어느 순간 조화로운 음이 현악기에서 울렸다. 불협화음과는 차원이 다른 아름다운 음률이었다. 맑은 음이 퍼지자 날카로운 이를 드러내며 공격성을 드러내던 좀비가 갑자기 얌전해지더니 그 자리에서 풀썩 쓰러졌다.

고난도   휴, 겨우 맞췄네.

고난도가 잔뜩 움츠렸던 어깨와 허리를 쭉 폈다.

황금비   대단해!

고난도   뭐 이 정도쯤이야.

황금비   이제 현악기 소리가 퍼지면 좀비들도 얌전해질 거야. 일단 그 때까지 기다리자.

현악기가 울리자 가까운 곳에 있던 좀비들부터 움직임이 점점 느려졌다. 황금비는 검을 다시 허리에 찼다. 멀리 모래강으로 구형 공연장이 보였다. 공연장은 아주 느리게 모래강에 실려서 하류로 흘러가고 있었다. 황금비와 고난도는 서로를 봤다. 서둘러야 했다. 좀비들이 거의 모두 잠이 들자 아래로 출발했다. 그러나 단 열 걸음 만에 멈출 수밖에 없었다.

거대한 충격음이 야산 전체를 뒤흔들었기 때문이다. 진동이 워낙 강해서 마치 지진이 난 듯했다. 그 바람에 출입구 옆에 놓여 있던 현악기가 아래로 굴러떨어지고 말았다. 현악기는 바닥으로 떨어져서 산산조각이 났다. 현악기가 파괴되자 다시 좀비들이 깨어났다. 좀비들은 깨어나자마자 황금비와 고난도를 향해 시뻘건 입을 드러냈다. 황금비는 재빨리 번개의 검을 휘둘렀다. 번개가 일렁이자 좀비 수십 명이 아래로 떨어졌다. 좀비가 떨어지자 광장에 있던 좀비 떼가 흥분했다. 좀비들은 엄청난 기세로 원뿔대를 타고 올라왔다.

황금비　　어서 계단을 타고 위로 올라가.

황금비가 다급하게 외쳤다. 고난도는 여의봉을 꺼낸 뒤 있는 힘껏 계단을 뛰어올랐다. 황금비는 쫓아오는 좀비들을 물리치며 고난도 뒤를 따랐다. 나선형 계단을 뛰어서 원뿔대 건물 옥상으로 올라갔다. 옥상 입구에서 황금비가 석궁을 꺼내 들었다.

황금비　　내가 이 지점에서 좀비를 막을게.
고난도　　나는 여기서 빠져나갈 방법을 찾아볼게.

황금비는 석궁을 쏴서 좀비들을 떨어뜨렸다. 석궁은 화살이 자동 장착되었으나 발사할 수 있는 화살은 일정한 한계가 있었다. 어느 정도 쏘고 나면 일정한 시간이 지나야 화살이 보충되었다. 석궁이 떨어지면 번개의 검을 사용했고, 번개의 검이 효력을 멈추면 불의 검을 휘둘렀다. 무기를 바꿔 가며 좀비를 막는 데 워낙 유리한 지점에서 방어하기도 하지만, 황금비 솜씨가 뛰어나서 위험한 상황에 놓이지는 않았다. 그러나 그 자리에서 수천, 수만이나 되는 좀비를 계속 상대하고 있을 수는 없었다. 어떻게든 벗어날 방법을 찾아야 했다.

옥상은 갖가지 잡동사니로 너저분했다. 화학약품 통, 스프링클러 꼭지, 부서진 엔진, 플라스틱 조각들이 널려 있었다. 잡동사니를 살피던 고난도는 시선을 위로 올렸다. 광장과 원뿔대 건물 위에는 삼각형 비행선이 여러 대 떠 있었다. 삼각형 비행선은 광장으로 가까이 내려갔다가 다시 위로 떠오르기를 반복했는데 내려갈 때마다 광장에 약품을 뿌려 댔다. 비행선은 건물 내부에서 좀비들에게 약품을 뿌리던 스프링클러와 같은 구실을 했다. 잡동사니와 비행선을 번갈아 보던 고난도가 중얼거렸다.

고난도　　비행선 한 대가 추락했구나.

고난도는 바닥에 흩어진 잔해들을 모아서 비행선 형태를 만들었다. 비행선의 무게와 크기를 파악하고, 엔진을 살피며 출력을 어림으로 확인했다.

고난도　　저 비행선을 이용하면 탈출할 수 있겠구나. 어, 이건 뭐지?

고난도는 플라스틱 잔해 중에서 태블릿 하나를 찾아냈다. 태블릿을 누르니 성채를 중심으로 한 주변 지도가 세세하게 나왔다. 태블릿을 챙긴 뒤 활시위를 메겼다. 화살 끝에는 결합 장치가 달려 있었다. 화살은 비행선으로 정확히 날아갔지만 결합하지 못하고 튕겨졌다. 다시 쏴도 마찬가지였다. 화살 종류를 바꿔서 쏴도 마찬가지였다. 고난도는 활을 아이템 팔찌에 집어넣고 바닥에 내려놓았던 여의봉을 집어 들었다. 여의봉 끝을 잡고 쭉 늘어나게 했다. 여의봉은 단단함을 유지한 채 길게 늘어났다. 고난도는 여의봉으로 비행선을 톡톡 건드렸다. 비행선은 흔들리면서도 따라오지 않았다. 그러다 여의봉이 스프링클러 부분에 닿았다. 약품이 여의봉으로 흘러들었다. 여의봉이 끝 지점부터 푸르게 변했다. 고난도는 재빨리 여의봉 크기를 줄였다. 그런데 비행선이 여의봉 끝에 딸린 채 그대로 끌려왔다.

고난도는 비행선을 붙잡아 끈으로 묶은 뒤 여의봉을 살폈다. 여의봉 빛깔은 완전히 푸른빛으로 변해 있었다. 고난도는 조심스럽게 여의봉을 만졌다. 여의봉에서 조금 낯선 촉감이 느껴졌다. 그 촉감을 그대로 살려서 여의봉에 신호를 주었다. 그러자 여의봉이 길어지며 비행선에서 떨어진 막대기에 닿았다. 막대기가 가늘어지면서 길게 늘어났다. 다른 물건에도 여의봉을 댔다. 여의봉에 닿은 대상은 모두 똑같이 변했다. 물론 길게 늘어난 물건을 짧게 줄일 수도 있었다. 그러나 일정 길이 이상으로 늘이면 모래알처럼 산산이 끊어져 버렸다. 대상에 따라서 늘릴 수 있는 비율은 조금씩 달랐다.

고난도　　　길이를 마음대로 바꾸다니, 신기한 기능이네. 역시 멋진 한 정판이야.

고난도는 흡족해하며 삼각형 비행선에 조심스럽게 몸을 실었다. 비행선이 기울어지는 바람에 제대로 서기 힘들었다. 비행선에 올라서서 중심을 잡으려고 애를 썼는데 계속 흔들렸다.

고난도　　　출력이 부족하지는 않아. 균형을 잡으려면 무게중심에 서야 해. 도대체 무게중심이 어디지?

정확하게 치수를 측정할 만한 측정 도구가 없기에 무게중심을 눈대중으로만 찾아야 했다.

고난도　　　무게중심을 찾으려면…, 먼저 꼭짓점에서 대변을 정확히 반으로 나누는 중점에 선을 그어야 해. 이게 '중선'[35]…. 중선은

35　삼각형의 중선.
　　삼각형의 한 꼭짓점에서 그 대변의 중점을 연결한 선분.
　　중선은 삼각형의 넓이를 이등분한다.

　　선분 $\overline{AO}$가 중선이라고 할 때
　　△ABO와 △AOC는 면적이 같다.
　　왜냐하면 밑변 $\overline{BO}$와 $\overline{CO}$의 길이가 같고,
　　높이 h도 서로 같기 때문이다.
　　따라서 중선은 삼각형의 면적을 이등분한다.

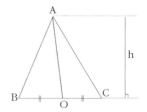

삼각형 면적을 절반으로 나눠. 둘로 나뉜 부분의 면적이 똑같으니 중선 위의 어떤 점에 서면 무게가 어느 한쪽으로 쏠리지 않게 돼. 다른 두 꼭짓점에서도 대변을 향해 중선을 그으면… 세 중선이 한 점에서 만나고. 이 점은 어떤 중선을 그어도 삼각형 면적을 정확히 $\frac{1}{2}$ 로 나누는 점이야. 그러니까 어느 한쪽으로도 기울어지지 않은 중심, 즉 삼각형의 무게중심[36]이 되지.

고난도는 무게중심점을 찾은 뒤에 그 지점에 섰다. 삼각형 비행선은 살짝 아래로 가라앉기는 했으나 안정된 상태를 유지했다. 두 사람을 한꺼번에 태울 만한 출력은 안 되지만 한 사람을 태울 만한 출력은 충분했다.

고난도 세 중선을 다 그을 필요도 없구나. 무게중심은 중선을 2:1

---

36 삼각형의 무게중심.

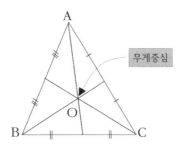

로 나누는 특성[37]이 있으니까, 한 중선을 긋고 꼭짓점과 대변 사이를 2:1로 나눈 점을 찾으면 거기가 바로 무게중심이 되는구나. 굳이 힘들이지 않고 아주 쉽게 무게중심을 찾을 수 있겠어.

고난도는 여의봉을 늘려서 또 다른 비행선도 잡아당겼다. 비행선이 위로 떠오르지 못하게 여의봉으로 누른 뒤 황금비를 불렀다. 황금비는 고난도가 어떻게 하려는지 바로 알아차렸다.

고난도   무게중심에 서면 흔들리지 않아.

고난도는 황금비에게 무게중심을 쉽게 찾는 법도 알려 주었다.

황금비   먼저 출발해. 나는 곧바로 따라갈 테니까.

---

37 삼각형 무게중심의 특성.
   점R과 점Q를 잇는 선을 긋는다.
   $\overline{AB}:\overline{AR}=\overline{AC}:\overline{AQ}=2:1$,
   따라서 평행선 선분 길이의 비의 원리에 따라
   $\overline{RQ}$와 $\overline{BC}$는 평행하다.
   $\overline{AB}:\overline{AR}=\overline{AC}:\overline{AQ}=2:1$이므로 $BC:RQ$도 2:1이다.
   $\triangle BOC$와 $\triangle ROQ$는 세 각이 모두 같으므로(맞꼭지각, 엇각) 닮은 도형이다.
   $\overline{BC}:\overline{RQ}=2:1$이므로, $\overline{BO}:\overline{OQ}=2:1$이고, $\overline{CO}:\overline{OR}=2:1$이다.
   당연히 $\overline{AO}:\overline{OP}=2:1$이다.
   따라서 무게중심은 중선을 2:1의 비율로 나눈다.

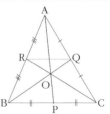

고난도는 비행선을 묶은 선을 끊은 뒤 여의봉으로 벽을 쭉 밀었다. 비행선은 탄력을 받아서 앞으로 쭉 나아갔다. 황금비는 불의 검과 번개의 검을 마구 휘둘러 좀비를 떨군 뒤에 비행선에 곧바로 올라탔다. 무게중심점에 올라서자마자 바람의 검을 꺼내 벽을 때렸다. 강한 바람이 일며 추진력이 만들어졌고, 비행선은 빠른 속도로 앞으로 날아갔다.

06. 피라미드와 피타고라스 마법

: 피타고라스 정리 :

　좀비가 가득한 성을 벗어난 뒤 고난도와 황금비는 빠르게 모래강으로 향했다. 여러 괴물이 나타났지만 강력한 검을 장착한 황금비에게는 상대가 안 됐다. 고난도가 얻은 태블릿 지도 덕분에 경로가 단축되니 이동 속도는 더욱 빨라졌다. 목표지점은 꼭대기가 황금빛으로 빛나는 거대한 피라미드였다. 처음에는 꼭대기만 보이더니 점점 그 웅장한 본체가 드러났다.

　피라미드 너머로 거대한 모래강이 흘렀다. 구형 공연장은 모래강 중심부에 위치한 상태로 천천히 떠내려왔다. 이곳까지 오면서 황금비는 어떻게 하면 구형 공연장에 갇힌 관객들과 친구들을 구할지 계속 고민했다. 몇 가지 방법이 떠오르긴 했지만, 확신이 서지는 않았다. 고난도와 상의를 하려고 하는데 제곱복근이 웬 아바타 한 명을 등에 업고 나타났다.

그 아바타는 공연장을 분리하려고 했던 매니저였다. 제곱복근은 반가웠지만, 매니저를 보니 저절로 인상이 구겨졌다.

황금비   저자는 어디서 만났어요?

제곱복근   너희들 뒤를 따라오다가 탈진한 채 쓰러진 걸 발견했어. 알짜힘이 거의 바닥이야. 혹시 생체물약이 있니?

황금비는 입을 꾹 다문 채 가만히 있었지만, 고난도는 즉각 생체물약을 건넸다. 제곱복근이 생체물약을 먹이자 매니저 얼굴에 화색이 돌더니 곧바로 정신을 차렸다.

황금비   저런 자는 소멸하는 고통을 느껴 봐야 하는데 생체물약은 왜 주는 거야?

고난도   나도 마음이야 그러고 싶지만, 저 매니저를 보니 친구들을 구할 좋은 방법이 생각이 났거든.

황금비가 그게 뭐냐고 물어보려다 말고 갑자기 검을 빼 들었다.

황금비   피해! 메좀비야.

보라색 눈은 더욱 짙어졌고, 이마에서는 검붉은 피가 줄줄 흘러내렸으며, 툭 튀어나온 광대는 섬뜩하게 시퍼렇고, 입 근처에는 시뻘건 핏물이 샘물처럼 흘러내렸다. 손톱은 칼처럼 날카로웠고, 몸에 걸친 옷은 처음보다 더 헤져서 온갖 수난을 겪은 듯했다. 오직 뾰족한 귀만 깔끔한 상태로 끊임없이 주변에서 나는 소리를 감지했다.

메좀비는 양팔을 넓게 벌렸다. 손톱이 더욱 길어 보였다. 메좀비는 무릎을 살짝 굽혔다 펴며 무시무시하게 높이 도약했다. 칼날 같은 손톱을 마구 휘두르며 황금비에게 달려들었다. 황금비는 번개의 검과 불의 검을 휘두르며 메좀비에게 맞섰다. 불이 메좀비를 휘감았지만, 옷만 그을릴 뿐 전혀 타격을 가하지 못했다. 번갯불은 머리카락을 더욱 시커멓게 태웠지만 다른 데는 충격조차 주지 못했다. 그마저도 나중에는 메좀비 손톱에 막혀 공격이 먹히지 않았다. 메좀비는 점점 빨라졌고 황금비는 점점 둔해졌다. 검이 황금비 움직임에 방해가 되었다. 황금비가 뒤로 밀리며 메좀비 손톱이 황금비 가슴으로 파고드는 위기의 순간, 황금비는 불의 검과 번개의 검을 교차시켰다. 불과 번개가 만나며 강하게 폭발했고, 메좀비는 멀리 튕겨 나갔다. 손에 든 검이 지지직거리더니 불과 번개가 사라졌다.

황금비   검이 너무 무거웠어.

황금비는 불의 검과 번개의 검을 아이템팔찌에 넣더니 바람의 검을 꺼냈다. 검은 날렵했고 무척 가벼웠다. 바람의 검을 휘두르며 황금비는 메좀비를 공격했다. 황금비 몸놀림이 이전보다 훨씬 빨라졌다. 검은 바람처럼 가볍고 빠르게 메좀비를 압박했다. 메좀비는 손톱으로 간신히 공격을 막으며 주춤주춤 물러났다. 밀어붙이긴 했지만 바람의 검으로 메좀비를 베지는 못했다. 한 끗 차이로 메좀비가 계속 벗어났다. 황금비는 기회를 엿보더니 화살표 공을 던졌다. 얇은 막이 메좀비 주위를 내리눌렀다. 강력한 압력이 가해지자 메좀비의 움직임이 눈에 띄게 둔해졌다. 기회를 놓치지 않고 황금비는 바람의 검으로 메좀비 몸을 수십 차례나 갈랐다. 검붉은 피가 온몸에서 흘러내렸다. 메좀비는 산산조각이 난 채 바닥에 흩어졌다.

고난도 엄청난 솜씨야!

제곱복근 믿기지 않는 칼솜씨구나. 네 전설이 과장된 줄 알았는데 사실은 축소된 거였어.

황금비는 싱긋 웃으며 검을 허리에 다시 찼다.

매니저 저거… 저거….

매니저는 말을 잇지 못하고 손을 휘저으며 덜덜 떨었다. 무슨 일인가 싶어 매니저가 가리키는 쪽으로 시선을 돌리던 황금비는 눈살을 찌푸렸다. 이제껏 별의별 일을 다 겪은 황금비였지만 그런 광경은 처음이었다.

온몸이 분리되어 쓰러졌던 메좀비가 다시 뭉치더니 되살아났기 때문이다.

메좀비는 괴성을 지르더니 손톱을 치켜세우고 황금비에게 달려들었다. 황금비는 재빠르게 바람의 검을 꺼내 맞섰다. 그러나 이번에는 황금비가 주도권을 잡지 못했다. 메좀비는 조금 전보다 더 몸놀림이 빨라졌다. 황금비가 휘두르는 검도 여유롭게 막아 냈다.

제곱복근 조금 전 싸움에서 학습을 한 거야. 모든 공격 방식을 습득했어. 속도도 더 빨라졌고. 저건 그야말로 괴물 중의 괴물이야. 저대로 능력이 계속 향상되면 전투행성에서 아무도 메좀비를 상대하지 못할 거야.

고난도는 황금비를 도우려고 했지만 그럴 틈이 없었다. 워낙 빨라서 도저히 끼어들 틈이 없을 뿐더러 자칫하다가는 자신이 메좀비에게 당할 우려가 컸다. 제곱복근은 모래강 위로 흘러내려 가는 구형 공연장을 주시하며 잠시 고민하더니 주먹을 불끈 쥐었다. 온몸의 근육이 긴장으로 팽팽해졌다.

제곱복근 황금비, 내 말 들리지.
황금비 잘 들려요.
제곱복근 메좀비를 모래강 쪽으로 유인해.
황금비 어떻게 하시려고요?

제곱복근　계획이 있으니까 날 믿어.

　특별히 다른 방법이 없었기에 황금비는 공격에 밀리는 척하며 모래강으로 메좀비를 유인했다. 어느 정도까지는 메좀비를 유인했으나 그 이상은 안 되었다. 황금비 자신이 의도치 않게 모래강에 휩쓸릴 위험이 컸고, 메좀비도 모래강 쪽으로는 다가가지 않으려고 했다. 모래강을 옆에 두고 팽팽한 대결이 펼쳐졌다. 가끔 바람의 검이 매섭게 메좀비를 갈랐지만, 상처는 금방 아물었다. 황금비는 점점 지쳐갔다. 알짜힘이 어느 임계점을 넘어서자 급격하게 줄어들었다. 아이템을 얻는 싸움부터 하얀 여왕의 군대, 좀비 떼에 이어 최강의 메좀비와 잇달아 싸웠으니 아무리 황금비라도 알짜힘이 한계에 닥칠 수밖에 없었다. 몸놀림이 둔해지면서 메좀비는 더욱 매섭게 손톱을 휘둘렀다.

　제곱복근　튕겨내고 뒤로 물러서.

　제곱복근이 고함을 치며 달려들었다. 전투에 지친 황금비는 이것저것 생각할 겨를이 없었다. 있는 힘껏 검을 휘둘러 메좀비를 떨군 뒤에 뒤로 물러났다. 그러나 떨궜다고 해도 그리 거리가 멀지 않았다. 메좀비는 다시 공격해 들어왔는데 그사이에 제곱복근이 메좀비에게 맨몸으로 달려들었다. 메좀비는 손톱을 세워 제곱복근을 찔렀다. 손톱이 제곱복근 몸통을 파고들었다. 그러나 제곱복근은 물러서지 않고 메좀비를 껴안은 채 모래강으로 치달렸다. 메좀비는 손톱을 빼고 도망치려 했지만 제곱복근이 강한 힘으로 껴안은 탓에 벗어나지 못했다.

황금비   뭐 하시는 거예요?

고난도   아저씨, 그러지 마세요!

황금비와 고난도가 놀라서 소리쳤지만 제곱복근은 멈추지 않았다. 메좀비는 자유로운 팔로 제곱복근을 연신 찌르고 할퀴었지만 제곱복근은 아랑곳하지 않고 메좀비를 껴안은 채 모래강으로 뛰어들었다. 메좀비가 발버둥을 치며 모래강을 벗어나려 했지만 제곱복근은 두 팔을 더욱 강하게 조였다. 메좀비와 제곱복근은 점점 모래강 안으로 빨려들었다.

제곱복근   그동안 즐거웠어.

제곱복근은 그대로 모래강 속으로 사라졌고, 메좀비도 그 형체를 감추었다. 고난도와 황금비는 믿기지 않는 상황에 말문이 막혔다. 검을 들고 간신히 버티던 황금비는 거친 숨을 내쉬더니 바닥에 풀썩 쓰러졌다. 고난도는 재빨리 다가가 생체물약을 황금비에게 먹였다. 생체물약을 먹은 뒤에도 잠시 동안 황금비는 숨을 골라야 했다. 그만큼 지친 상태였다.

고난도   이제 친구들을 구해야지.

황금비   그래. 구해야지.

황금비는 검을 집어넣고 어깨를 으쓱한 다음 기운을 차렸다.

황금비   아까, 방법이 떠올랐다고 하지 않았어?

황금비가 매니저를 힐끗 쳐다보며 말했다.

고난도   저 피라미드 꼭대기는 황금탑이야. 지도에 나온 설명에 따르
         면 엄청나게 강한 금속으로 만들었고, 피라미드 중심부까지
         단단하게 뿌리를 내리고 있대. 너한테는 그 어떤 힘으로도
         끊을 수 없는 강한 실이 있어.
황금비   스카프에서 한 번에 뽑을 수 있는 실의 길이는 얼마 안 돼.
고난도   내가 지닌 여의봉을 사용하면 실의 길이를 아주 길게 늘일
         수 있어. 구형 공연장 윗부분에는 공연장 구조를 지탱하는
         초강력 금속제가 교차하는 지점이 있어. 그러니까 황금탑에
         실을 고정한 뒤에 구형 공연장에 연결하면 더는 블랙홀 쪽
         으로 떠내려가지 않을 거야.
황금비   구형 공연장까지 날아서 가겠다는 거야?

고난도는 아이템팔찌에서 활과 함께 초강력 자석 두 개를 꺼냈다.

황금비	그건 자석 뱀파이어와 싸웠던 데서 가져온 거야?
고난도	한정판 수집꾼이라면 이런 아이템은 절대 놓치지 않지. 이 자석은 자력 세기를 조절할 수 있어. 최대 자력으로 설정한 뒤에 피라미드 꼭대기와 저기 공연장 구조물의 교차점에 쏘면 단단하게 연결될 거야.
황금비	좋아. 그럼 빨리하자.
고난도	문제가 하나 있어.
황금비	그게 뭔데?
고난도	여의봉으로 길이를 늘이면 어느 정도까지는 괜찮은데 일정 길이를 넘어서면 성질을 잃고 끊어져 버려. 이 실은 다른 아이템과는 다르겠지만 무한정 늘이지는 못할 거야.
황금비	아마도 그러겠지.
고난도	이 실의 길이를 어느 정도까지 늘여도 괜찮을지 모르니 최소한으로만 늘여야 해. 그러려면 피라미드 꼭대기에서 저기 구형 공연장 연결부위까지 거리를 정확히 계산해야 하고.
황금비	자롱이가 정상이면 바로 측정이 될 텐데.

고난도는 안쓰러운 표정으로 가방에 든 자롱이를 쓰다듬고는 태블릿을 꺼냈다. 지도를 열고는 피라미드와 주변 지형이 세밀하게 나온 부분을 선택했다.

고난도   그래서 생각한 건데, 아무래도 피타고라스를 이용해야겠어.

황금비   이상한 나라에서 만난 피타고라스 말이야?

고난도   아니 피타고라스 정리[38] 말이야.

고난도는 메모지에 $a^2+b^2=c^2$ 을 썼다.

고난도   그 옛날 인도 수학자들은 에베레스트산 높이를 오르지도 않고 알고 있었어. 그게 다 직각삼각형의 성질, 그러니까 피타고라스의 정리를 이용한 거였어. 심지어 우주 먼 데서 희미하게 빛나는 별이 지구에서 얼마나 먼 거리인지도 직각삼각형의 성질을 이용해서 구하기도 해. *GPS*를 이용한 측량

---

38 피타고라스 정리.
직각삼각형에서 직각을 낀 두 변의 길이를 각각 a, b라 하고, 빗변의 길이를 c라 하면
$a^2+b^2=c^2$

(증명)

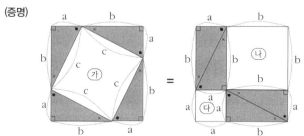

두 사각형은 한 변의 길이가 $(a+b)$인 정사각형이다.
㉮의 면적 = ㉯의 면적 + ㉰의 면적
$c^2=a^2+b^2$

* 피타고라스 정리를 증명하는 방법은 수백 개에 이른다.

에도 직각삼각형의 성질이 이용돼.

황금비 　좋아. 그럼 여기서 어떻게 피타고라스의 정리를 이용하려는

거야?

고난도 　저 피라미드는 이집트 기자의 대피라미드와 같은 크기로

만들었다고 해. 기자 피라미드의 높이가 약 $147m$, 밑변이

$230m$라고 했어. 그러면 피타고라스

정리에 따르면 $147^2+115^2=X^2$이니까

계산하면 피라미드 옆면의 빗변은 대

략 $186,6m$가 나와.

황금비 　그러면 실을 $200m$로 늘인 뒤에 피라미드 꼭짓점을 겨냥

하면 되겠네. 공연장까지 거리는 어느 정도지?

고난도 　여기서 공연장을 곧바로 겨냥하면 실을 더 길게 늘여야 해.

최소한의 길이로 하려면 피라미드 꼭짓점으로 올라가는 게

좋아. 그러니까 실을 일단 피라미드 꼭짓점에 연결한 뒤에

실 길이를 다시 줄이는 거야. 피라미드 꼭짓점은 실이 줄어

드는 힘을 이용하면 돼.

황금비 　좋은 생각이야. 그러면 피라미드 꼭짓점에서 구형 공연장까

지 거리를 계산하면 되겠네.

고난도 　그것도 피타고라스 정리로 계산해야지.

황금비 　지도에 모래강 폭이 얼마로 나와?

고난도 　모래강의 폭이 무려 $3km$야.

황금비	어마어마하구나. 지금 공연장이 거의 중심부에 위치하니까 강가에서 공연장까지는 $1.5km$, 강가에서 공연장과 나란한 스핑크스까지는 $100m$, 스핑크스에서 피라미드까지 거리가 $500m$야. 그러면 피라미드에서 지금 공연장까지 거리는… $(1.6km)^2+(0.5km)^2=X^2$이니까 X값은….
고난도	$1.68km$쯤 돼.
황금비	$1.7km$로 잡자.
고난도	이 실이 그 정도까지 늘어나도 끊어지지 않고 그 단단한 성질이 유지될까?
황금비	모르지. 하지만 지금은 일단 해야지 뭐. 그런데 문제가 하나 더 있어. 여기서 저 먼 거리까지 활을 쏴서 날아가게 할 수 있어?
고난도	그건 걱정하지 마. 여기 추진체가 있으니까.

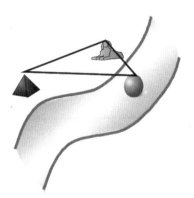

고난도는 아이템팔찌에서 미사일처럼 생긴 작은 플라스틱을 꺼냈다. 플라스틱 안에는 강력한 액체 폭약이 장착되어서 충격이 가해지면 뒤로 강한 추진력이 뿜어져 나오도록 설계되어 있었다.

황금비   연결했다고 쳐. 그 뒤에는 어떡할 건데? 구멍을 뚫고 일일이 꺼낼 수는 없어. 1만 명이나 되는 관객을 저기서 무슨 수로 구하지? 공연장을 밖으로 잡아당기면 모를까. 실이 그때까지 버틸 수 있을지도 모르고, 저런 엄청난 공연장을 잡아당길 만한 동력은 어디서 구해?

고난도   그래서 저 매니저가 필요해.

매니저는 무슨 의미인지 모르겠다는 듯 눈을 동그랗게 뜨고 고난도를 바라보았다.

고난도   당신이 도와줘야 해요.

매니저   내가 뭘 어떻게 도와?

고난도   당신한테는 휴대용 단축이동기가 있잖아요. 휴대용 단축이동기에는 자동 설정이 있어서 주변에 있는 아바타를 한꺼번에 원하는 곳으로 이동시킬 수 있다고 알고 있어요. 타이머를 이용해 일정한 시간 후에 작동하게 만들 수도 있고.

매니저   써 본 적은 없지만 그런 기능이 있다는 건 알아.

고난도   황금비 너한테는 순간이동을 하는 초침 시계가 있어. 그러니까 공연장 표면까지 간 뒤에 순간이동 초침 시계로 단축이동기를 공연장 안으로 넣은 뒤에 아바타를 한꺼번에 이동시키는 기능을 작동시키면….

황금비   한꺼번에 모두 구할 수 있구나.

황금비는 매니저에게 손을 내밀었다. 아이템을 내놓으라는 뜻이었다.

매니저   내가 왜 그래야 하지?

매니저는 주춤주춤 뒤로 물러났다.

황금비   안 그러면 당신은 모래강 속으로 소멸할 테니까. 잘 알지? 모
                래강에서 소멸되면 일반 소멸과는 달리 모든 게 사라져. 메
                타버스에서 쌓아 놓은 모든 인연, 능력치, 아이템이 사라지
                면서 너는 존재 자체가 없어지는 거야. 물론 처음부터 다시
                출발하면 되겠지만, 이제껏 쌓아 온 모든 걸 다시 회복하려
                면 만만치 않은 시간과 돈을 들여야 할 거야.
매니저   그렇다고… 배신을 하면… 난 직장을 잃어. 그러면 어차피
                나는 모든 걸 잃어.
황금비   이래도 잃고, 저래도 잃는다면 당신을 소멸시켜 주지.

황금비는 바람의 검을 꺼내 매니저를 겨눴다. 매니저는 덜덜 떨면서
어찌할 바를 몰랐다.

고난도   그렇게 협박하지 마. 다른 길이 있으니까. 당신이 원하는 게
                저들을 다 소멸시키는 게 아니었잖아요. 더구나 저들은 더미

언과 아르테미스를 좋아하는 팬들이에요.

매니저   그렇긴 하지만… 사장님이 알면….

고난도   사고가 난 팬들을 당신이 구했다고 하세요. 그러면 당신은
         영웅이 되고, 주피터도 엄청 좋아할 거예요. 당신 회사는 책
         임에서 벗어날 뿐 아니라 팬들을 끝까지 책임지고 구한 영
         웅을 어쩌지 못하겠죠. 어차피 혜성이 충돌해서 벌어진 사
         건으로 다들 알고 있으니 충분히 설명도 가능하고. 안 그
         래요?

매니저는 입술을 깨물며 어떤 선택을 해야 할지 망설였다.

고난도   소멸과 영웅, 뭘 선택할래요? 너무 간단하지 않아요? 조금
         만 더 지체하면 더는 구할 기회가 없어요.

황금비는 검을 매니저에게 겨눴다. 매니저는 검과 고난도를 번갈아 보
더니, 고개를 천천히 끄덕였다.

고난도   지금 아이템을 넘겨주세요.

매니저는 휴대용 단축이동기를 꺼내서 황금비에게 넘겼다.

황금비　　　다 준비됐으니 빨리하자.

　황금비는 스카프에서 최대한 긴 실을 뽑아냈다. 길이는 $5m$였다. 스카프에서 한 번에 뽑아낼 수 있는 최대 길이였다. 일단 실이 꼬이지 않게 조심하면서 40배로 늘였다. 그러고는 자석에 단단히 묶고 화살 끝에 자석과 추진체를 결합했다. 피라미드 꼭대기를 겨냥해서 화살을 발사하자 추진체가 터지면서 거의 직선으로 날아가 피라미드 꼭대기에 달라붙었다. 자석의 세기를 최대치로 높였기에 자석은 일단 달라붙은 뒤에는 꿈쩍도 안 했다. 황금비는 스케이트보드를 꺼내서는 피라미드 벽면에 살짝 걸쳤다.

황금비　　　잘 붙잡아.
고난도　　　이제 실을 줄일게.

　고난도는 여의봉을 이용해 실의 길이를 원래대로 다시 줄였다. 실이 줄어들면서 강한 힘으로 스케이트보드를 잡아당겼다. 실이 당기는 힘을 이용해 고난도와 황금비는 단번에 피라미드 꼭대기에 이르렀다. 실 길이는 $5m$로 다시 줄어들어 있었다.

고난도　　　이제 실을 $1.7km$로 만들어야 하니까 340배로 늘일게.
황금비　　　실이 버텨 줘야 할 텐데.

고난도　　그래 주길 바라야지. 잘못하면 실이 꼬일 수 있으니까 발사를 하면서 동시에 실을 늘이는 게 좋겠어.

황금비　　알았어. 내가 활을 쏠 테니까 딱 맞춰서 네가 여의봉을 사용해.

　다시 자석과 추진체를 단 뒤에 황금비가 화살을 구형 공연장을 향해 발사했다. 발사와 동시에 고난도는 여의봉을 사용해 실의 길이를 늘였다. 화살은 추진력을 받아 미사일처럼 직선으로 날아갔다. 실은 무서운 속도로 팽창하며 길게 늘어났다. 이번에도 화살은 벗어나지 않고 정확히 적중했다. 다행히 실은 끊어지지 않고 그대로 버텼다. 모래강을 따라 흘러 내려 가던 공연장의 속도가 점점 느려지다가 닻을 내린 배처럼 멈춰 섰다.

황금비　　실이 언제까지 버틸지 몰라. 서두르자.

　황금비는 실에 고리를 걸었다. 고난도는 추진체 두 개를 황금비에게 건넸다. 그러자 황금비는 추진체 하나는 아이템팔찌에 넣고, 다른 하나는 허리춤에 단단히 고정했다.

고난도　　조심해.

황금비는 허리춤에 달린 추진체를 격발했다. 추진체는 불꽃을 내뿜었고, 황금비는 엄청난 속도로 공연장을 향해 날아갔다. 추진체는 공연장에 도착하기 전에 추진력을 잃었지만, 황금비는 나아가던 관성력 덕분에 공연장에 무사히 도착했다. 공연장 외부에 내려선 황금비는 휴대용 단축 이동기를 꺼내 주변에 있는 아바타를 자동으로 이동시키는 기능을 켰다. 그러고는 30초 뒤에 작동하도록 설정한 뒤에 작은 초침 시계 아이템을 단축이동기에 붙였다. 초침 시계가 작동하자 단축이동기는 스르륵 사라지면서 공연장 내부로 옮겨갔다.

황금비는 아이템팔찌에서 다시 추진체를 꺼내 허리에 묶고는 격발했다. 추진체는 불꽃을 내뿜었고, 황금비는 빠른 속도로 피라미드 꼭대기로 되돌아왔다. 그러나 피라미드 꼭대기에 거의 다 도달했을 때 갑자기 실이 투두둑 끊어지며 사라져 버렸다. 공연장이 당기는 힘을 더는 견디지 못한 것이다. 추진체가 내뿜는 불꽃도 사라지면서 황금비는 그대로 추락했다. 고난도는 여의봉 끝을 피라미드 꼭대기에 달린 고리에 걸고는 재빨리 길이를 늘었다. 여의봉은 번개처럼 빠르게 길어졌다. 황금비는 허공에서 여의봉 끝을 움켜잡았다. 황금비가 여의봉을 잡자마자 고난도는 여의봉을 다시 줄였다. 황금비는 여의봉에 이끌려 피라미드 꼭대기로 무사히 돌아왔다.

공연장은 줄이 끊어지자 이제껏 흘러왔던 속도보다 더 빠르게 하류로 흘러내려 갔다. 피라미드 꼭대기에서 고난도와 황금비는 말없이 사라지는 공연장을 물끄러미 바라보았다.

황금비   무사히 다 빠져나갔겠지?

고난도   당연하지.

고난도는 피라미드 꼭대기에 고정된 자석 아이템을 떼어 내서 아이템 팔찌에 넣었다.

고난도   이제 우리도 가자. 빨리 자롱이를 고쳐야지.

07. 모자를 위한 경우의 수

: 경우의 수 :

미지수지, 연산균, 나우스는 단축이동기에서 나오자마자 고난도와 황금비에게 연락했다. 황금비가 그동안 벌어진 일을 간단하게 설명했고, 미지수지는 모든 관객이 무사히 빠져나왔다는 소식을 전했다. 모두 무사하다는 소식을 듣자 고난도와 황금비는 기쁘면서도 기운이 쑥 빠졌다. 긴 싸움에 지친 탓이었다. 자롱이를 수리하고 접속을 끊겠다는 말을 끝으로 고난도와 황금비는 연결을 끊었다.

미지수지 일행이 나온 곳은 전투행성 중립지대였다. 중립지대는 전투가 없는 곳이며, 무기 사용이 금지된 곳이다. 중립지대에서는 서로 아이템을 거래하기도 하고, 정보를 나누기도 하며, 동맹이 맺어지기도 한다. 미지수지는 전투행성에 관심이 없기 때문에 바로 메타버스 접속을 끊고 나가려고 했지만 연산균과 나우스는 조금만 구경을 하자고 우겼다. 워낙 고집을 부렸기 때문에 미지수지는 하는 수 없이 둘이 하자는 대로 따라 갔다.

그곳은 오래된 서부영화에 나오는 촬영장 같았다. 거리에 다니는 이들은 모두 다양한 무기를 몸에 걸쳤고, 말을 타고 질주하는 이들 때문에 길에서는 먼지가 풀풀 날렸다. 놀이공원처럼 놀 곳도 많았고, 무기를 판매하거나 거래하는 가게도 즐비했다.

연산균	저기 햄버거 가게에 가자.
미지수지	전투행성에 와서 구경한다고 해 놓고 기껏 들어가고 싶은 데가 햄버거 가게예요?
연산균	저긴 새로 생긴 곳이야. 오감 신경연결망을 장착한 사람들을 위한 가게라고. 오감 신경연결망을 구입했으니 한번 들어가 봐야지.
나우스	들어가기 싫으면 넌 그냥 가.

미지수지는 투덜대면서도 둘을 따라서 햄버거 가게로 따라왔다. 내부를 서부영화에 나오는 식당처럼 꾸며 놓기는 했지만, 차림표나 구매하는 방법은 바깥세상에서 영업하는 햄버거 가게와 같았다. 아이템팔찌를 탁자에 설치된 *QR*카드에 대자 허공에 차림표 화면이 떴다.

연산군　햄버거, 튀김, 음료수밖에 없다니…, 더구나 종류도 그리 많지 않고. 아직은 진짜 가게에 견줄 바가 아니네.

나우스　그래도 햄버거와 튀김이 각각 6종류, 음료수가 4종류면 제법 많은 편이죠. 여기 봐요. 한 번 먹으면 하루 동안은 공격을 받았을 때 알짜힘이 받는 타격을 20%나 줄여 준대요.

연산군　햄버거, 튀김, 음료를 묶음으로 사면 10% 할인해 준대. 타격 보호 효과도 30%로 올라가고.

나우스　그럼 묶음으로 사죠.

연산군　당연히 그래야지. 그럼 어떻게 먹을까? 1번-3번-2번으로 할까? 아니야 4번-2번-4번도 괜찮은 조합인데…. 그보다는 5번-1번-3번이 끌려. 개별 음식은 가짓수가 몇 개 안 되는데 묶음으로 먹으려니 경우의 수[39]가 너무 많아서 고르기 힘들어. 묶음으로는 도대체 몇 가지나 되는 거야?

나우스　그러니까 햄버거가 6종류, 튀김이 6종류, 음료수가 4종류니까… 모든 경우의 수를 다 계산하면 6×6×4니까 무려 144가지나 돼요.

미지수지　그걸 지금 일일이 고민해서 뭐가 더 괜찮은지 따질 생각인 거야?[40]

39　경우의 수.
어떤 사건이 일어날 수 있는 모든 경우에 대한 가짓수.
예를 들어 주사위 하나를 던졌을 때 홀수가 나올 사건은 1, 3, 5이므로 경우의 수는 총 3이다.

연산군　당연하지. 한 번을 먹어도 제대로 먹어야 해. 뭐든 제대로 골라야지 대충 고르면 안 된다고.

미지수지　한 번도 안 먹어 봤으면서 무슨 고민을 해요. 그냥 대충 주사위나 동전 던지기를 해서 나온 대로 해요.

연산군　오, 그것도 괜찮은 방법이야.

나우스　잠깐만요…. 주사위 두 번, 동전 던지기 두 번을 하면… 6×6×2×2=144로 햄버거-튀김-음료수를 조합하는 경우의 수와 똑같아요.

연산군　와 그렇단 말이지? 그럼 주사위를 한 번 던져서 햄버거를 고르고, 주사위를 다시 던져서 튀김을 고른 다음, 동전 던지기를 두 번 해서 음료를 고르면 되겠네.

나우스　당장 그렇게 하죠.

40　경우의 수 계산.

① 곱의 법칙 : 두 사건이 서로 영향을 <u>주고받지 않을 때</u> 적용한다. 두 사건이 *and*(그리고)로 이어진다. A사건은 경우의 수가 a이고, B사건은 경우의 수가 b인데, 서로 영향을 주고받지 않는 A와 B가 일어날 경우의 수는 $a×b$이다.

(예시) 주사위와 동전을 던졌을 때 나올 수 있는 경우의 수.

주사위=6가지(1, 2, 3, 4, 5, 6), 동전=2가지(앞면, 뒷면). 경우의 수=6×2=12가지

② 합의 법칙 : 두 사건이 서로 <u>영향을 주고받을 때</u> 적용한다. 두 사건이 *or*(또는)으로 이어진다. A사건은 경우의 수가 a이고, B사건은 경우의 수가 b인데, 서로 영향을 주고받는 A와 B가 일어날 경우의 수는 $a+b$이다.

(예시) 한 개의 주사위를 던질 때 3의 배수 또는 5의 배수가 나올 경우의 수.

3의 배수 : 2가지(3, 6), 5의 배수 : 1가지(5). 경우의 수=2+1=3

나우스는 아이템팔찌에서 주사위와 동전을 꺼냈다. 그러고는 주사위를 던졌다. 처음엔 6번, 다음엔 4번이 나왔다. 동전은 앞면과 뒷면을 1과 2로 한 다음, (1, 1)=1, (1, 2)=2, (2, 1)=3, (2, 2)=4로 정하고 던지기를 했다. 그래서 나온 숫자가 2였다. 그렇게 해서 나우스는 햄버거-튀김-음료수를 6번-4번-2번으로 정했다. 같은 방식으로 주사위와 동전을 던져서 연산균은 3번-5번-1번이 나왔다. 연산균이 미지수지에게도 해 보라고 강하게 권했지만, 맛을 느끼지도 못하는 음식을 먹기는 싫다며 거절했다.

주문하자 금방 음식이 나왔다. 나우스와 연산균은 맛이 이러느니, 향이 저러느니 하면서 진짜 외식이라도 즐기는 듯한 분위기를 연출했다. 음식을 다 먹은 뒤에 햄버거 가게를 나오려는데 입구에서 나우스와 연산균이 동시에 멈췄다.

미지수지	갑자기 왜 멈춰?
연산균	이거 봐. 아이템 뽑기야.
나우스	이런 건 꼭 해 봐야 해.
미지수지	이딴 걸 왜 해?
나우스	오감 신경연결망을 장착하고, 묶음으로 먹은 사람들에게 공짜로 기회를 준대잖아. 그럼 해 봐야지.
연산균	맞아. 그냥 가면 손해잖아.

연산균과 고난도는 카드 더미를 쌓아 두고 '공짜'를 외치는 관리AI 앞에 나란히 섰다.

연산균 이걸 어떻게 하면 돼?

관리AI 이 카드 더미에는 1에서 30까지 숫자가 적혀 있습니다. 두 분이 먹었기 때문에 제가 주사위를 두 번 던지겠습니다. 두 번 나온 숫자의 배수를 뽑으면 아이템을 얻을 기회를 드립니다.

나우스 만약 세 명이 먹었으면 세 번 던지는 거였어?

관리AI 네. 그렇습니다.

나우스 아깝네. 그럼 경우의 수가 더 많아졌을 텐데.

연산균 만약에 주사위를 두 번 던져서 똑같은 숫자가 나오면 어떡해?

관리AI 그때도 그 숫자의 배수를 뽑아야 합니다.

나우스 만약에 1이 나오면?

관리AI 이 주사위에는 3부터 8까지 숫자만 있습니다.

연산균 아깝네. 1이나 2가 나오면 대박인데.

관리AI 연습할 기회를 드릴까요? 아니면 바로 도전하시겠습니까?

나우스 연습은 무슨… 어려운 게임도 아닌데…. 바로 도전할게.

관리AI는 주사위를 던졌다. 처음에 나온 숫자는 5였고, 그다음에 나온 숫자는 7이었다.

연산균   5와 7이라니… 별로 안 좋네.

나우스   5의 배수는 5, 10, 15, 20, 25, 30으로 6개, 7의 배수는
7, 14, 21, 28로 4개이니 경우의 수는 총 10개예요.[41] 카드
가 30장이니 우리가 아이템에 걸릴 숫자를 뽑을 확률은
$\frac{1}{3}$ ($\frac{10}{30}$)이고.

연산균은 신중하게 카드 더미에서 한 장을 뽑았다. 바닥에 놓더니 조
심스럽게 뒤집었다.

연산균   이런 17이야.

이번에는 나우스가 뽑았다. 나우스는 아무렇지 않게 카드를 뽑더니
바로 뒤집었다. 숫자를 본 연산균이 환호성을 질렀다. 7의 배수인 21이
나왔기 때문이다.

연산균   역시 넌 운이 좋아.

나우스   운도 실력이죠.

운이 발휘되어야 하는 상황은 거기서 끝이 아니었다. 아이템 상자에서

---

41 경우의 수에서 합의 법칙.
    카드에서 5의 배수 <u>또는</u> 7의 배수를 뽑는 경우이므로 합의 법칙을 사용해야 한다.

다시 뽑기를 해야 했기 때문이다. 아이템을 뽑은 결과 햄버거 가게에서 제공하는 전투식량이 나왔다. 그리 좋은 아이템도 아닌데 나우스와 연산균은 대단한 아이템이라도 뽑은 것인 양 아주 좋아했다. 공연장 안에 갇혀서 지냈던 끔찍한 경험은 벌써 다 잊은 듯했다. 햄버거 가게를 나와서 거리를 구경하고, 가게도 가끔 들어갔다. 딱히 전투행성을 좋아하지 않기에 처음에 들끓던 활기는 점점 잦아들었다. 인제 그만 구경하고 나가자고 미지수지가 제안하면 들어줄 분위기였다. 그러나 미지수지가 막 그 말을 하려고 할 때 연산균이 환호성을 지르며 뛰어갔다. 연산균이 발견한 가게를 확인한 미지수지는 맥이 탁 풀렸다.

미지수지   못 말려 정말.

나우스   모자 가게잖아. 네가 이해해.

미지수지   저긴 전투모를 파는 데야. 다른 데서는 쓸 데도 없다고.

나우스   모둠장 님이 언제 쓸모를 따지며 모자를 구입하든? 그냥 수
           집이야, 수집.

미지수지   고난도도 그렇고, 모둠장도 그렇고, 도대체 아무짝에도 쓸모
           없는 데다 '전'을 왜 쓰는지 모르겠어.

나우스는 뭐라고 설명을 하려다 그만두었다. 모자 가게에 들어가니 연산균은 신이 나서 돌아다니고 있었다. 가게에는 전투모뿐 아니라 전투모에 장착하는 다양한 아이템들도 수없이 많았다. 이것저것 구입하는 연산

균 얼굴에는 행복이 넘쳐 났다. 그런데 어느 시점부터 가게 안에 있던 사람들이 한곳으로 몰려갔다. 연산균도 자연스럽게 그곳으로 발길을 옮겼다. 모자 가게 가장 안쪽에 있는 큰 방이었는데 그 방에서는 특별한 전투모가 걸린 대회에 참가할 신청자를 받는 중이었다. 연산균은 무슨 전투모인지 확인도 하지 않고 참가 신청을 했다. 물론 참가를 위해서는 '전'을 내야만 했다.

연산균   너도 참가해.
나우스   저는 이런 대회에는 참가하고 싶지 않아요.

늘 연산균 기분을 맞춰 주는 나우스였지만 그때만은 제법 단호하게 거절했다.

미자수지   무슨 상품이 걸렸는지는 알고 참가하는 거예요?
연산균   정확히는 몰라. 그런데 특별한 전투모라고 하잖아.
나우스   여기에 상품이 적혀 있어. 3등까지 상품을 주는데…, 전투모에 다양한 기능이 있어. 그렇지만 나는 읽어도 뭔지 잘 모르겠어.
연산균   어떤 기능인지는 중요하지 않아. 모자가 걸린 대회란 사실이 중요하지.
미자수지   한정판이라면 고난도도 사족을 못 쓸 텐데. 그나저나 대결

방식이 총싸움인데 이길 수는 있겠어요?

_{연산군}　직접 치르는 전투라면 모르겠지만 게임이면 나도 자신 있어.

미지수지는 뭐라고 비꼬는 말을 하려다 입을 다물었다. 방에는 대결을 펼치는 탁자가 총 여덟 개인데, 탁자마다 한가운데에 모니터 두 개가 놓여 있었다. 참가자들은 모니터를 사이에 두고 서로 마주 보며 대결을 하는데, 상대편 화면은 볼 수가 없었다. 대결을 펼치는 공간은 경기가 벌어질 때마다 달라졌다. 참가자는 곳곳에 자기 로봇을 숨겨 놓고, 상대편 로봇을 찾아서 깨뜨려야 했다. 로봇은 주인이 명령한 대로 이동했다.

사용하는 무기는 서로 같았다. 상대편 로봇을 많이 깨뜨리면 승리하고, 같은 숫자를 깨뜨리면 무승부였다. 로봇은 공격당하는 부위에 따라서 타격을 받는 정도가 달랐다.

참가자는 총 64명인데 네 명씩 한 조가 되어 토너먼트를 치러야 했다. 각 조 1, 2등은 32강에 진출하고, 32강에서 다시 네 명씩 한 조가 되어 토너먼트를 치러 16강을 가려낸다. 16강부터는 단판 승부였다. 조별리그에서는 승자가 승점 3점, 패자는 0점, 무승부면 1점이었다. 만약 승점이 같으면 득실차가 큰 쪽이, 득실차가 같으면 득점이 많은 쪽이, 득점이 같으면 맞대결에서 이긴 쪽이 높은 순위를 차지하는 방식이었다. 그마저도 같으면 제비뽑기로 하였다.

한 경기는 5분이기에 경기는 빠르게 진행되었다. 연산균은 5조에 속했다. 첫 대결에서 연산균은 3:4로 아쉽게 패했다. 마지막 공격이 성공했다면 동점이었을 텐데 시간이 모자라서 아슬아슬하게 실패하고 말았다. 다행히 2차전에서는 4:3으로 이겼다. 2차전을 끝낸 뒤 5조 참가자들 승점은 다음과 같았다.

경기	점수	참가자	승점	승	패	비김	득실차	득점	실점
A:연	4:3	A	3	1	1	0	0	10	10
B:C	5:5	B	1	0	1	1	−1	8	9
A:C	6:7	C	4	1	0	1	+1	12	11
B:연	3:4	연산균	3	1	1	0	0	7	7

마지막 대결은 잠시 휴식을 취한 뒤에 동시에 진행되었다. 다른 대결이 먼저 펼쳐지면 결과를 보고 그에 맞춰서 경기를 할 수 있어서 일부러 두 경기를 동시에 진행하는 것이다. 휴식하는 동안 연산균과 나우스는 32강에 진출할 가능성을 검토하며 경우의 수를 따져봤다. 나우스가 경기 결과에 따른 승점을 표로 정리했다.

경기 결과를 바탕으로 승점을 정리했지만, 32강 진출자가 명확히 가려지지 않는 경우의 수가 제법 많았다. 먼저 연산균이 승리하는 경우(다음에 나오는 표①~③)를 따져 봤다.

C:연		연산균 승리			무승부			연산균 패배		
A:B		A승	무승부	B승	A승	무승부	B승	A승	무승부	B승
예상 승점	A 3	6	4	3	6	4	3	6	4	3
	B 1	1	2	4	1	2	4	1	2	4
	C 4	4	4	4	5	5	5	7	7	7
	연 3	6	6	6	4	4	4	3	3	3
경우의 수		①	②	③	④	⑤	⑥	⑦	⑧	⑨

① 연산균과 A 진출.

② 연산균 진출.

  – C가 1점 차로 지면 득실 차 동률이므로 득점 많은 쪽 진출.

  – C가 2점 차 이상으로 지면 득실 차에 밀려 C 탈락. A 진출.

③ 연산균 진출.

  – C가 1점 차로 지고, B가 1점 차로 이기면 득실 차 동률이므로

   득점 많은 쪽 진출.

   현재는 득점이 많은 C가 유리.

연산균 일단 이기기만 하면 무조건 내가 진출하네.

나우스 그렇죠. 그런데 C는 져도 진출할 가능성이 여전히 있기 때문
    에 최선을 다해 경기를 할 거라고 봐요. 그러니 경기 도중에
    이기고 있더라도 방심하면 안 돼요.

무승부를 거둔 경우는 매우 복잡했다.

④ C와 A 진출.

⑤ C 진출.

　— A와 연산균, 1승 1무로 승점 4점 동률.

　— 무승부이므로 득실 차도 변함없이 0으로 동률.

　— 현재 득점을 A가 많이 한 상태이므로 연산균에 불리.

　　비기더라도 득점을 A보다 4점을 더 많이 내야 함.

　— 3점을 더 많이 하고 비기면 연산균이 A에게 졌기 때문에 탈락.

　— 따라서 A와 B 대결에서 무승부가 나면 연산균이 탈락할

　　가능성 큼.

⑥ C 진출.

　— B와 연산균 1승 1무로 승점 4점 동률.

　— B가 2점 차 이상으로 이기면 득실 차에서 B는 +1,

　　연산균은 0이기에 B 진출.

　— B가 1점 차로 이기면 득실 차가 0으로 동률.

　　득실 차가 동률이며 다득점이 진출하므로 많은 점수를 내고

　　비기는 쪽이 진출.

※ 현재 다득점에서 밀리는 연신균이 불리.

연산균　　내가 비기면 B가 이기거나 무승부를 거두기를 빌어야겠네.

나우스 그렇다 해도 현재 상황에서는 불리해요. 어쨌든 무승부가
       나면 득실 차를 따지게 되니 비기더라도 점수를 많이 내야
       해요.

연산균 내가 지면 무조건 탈락이네.

나우스 그건 보나 마나죠.

휴식을 끝낸 연산균은 치열한 경기를 벌였다. 경기는 난타전이었다. 서
로 엄청난 공격을 주고받았다. 이제껏 수비 위주로 경기를 하던 연산균
은 닥치는 대로 공격을 퍼부었고, 상대방도 연산균에 맞서 수비는 하지
않고 공격만 해 댔다. 그러다 보니 끝나는 시간까지 엄청나게 많은 로봇
을 서로 파괴하였다. 마지막 5초를 남기고 연산균이 1점 뒤지고 있었으
나 마지막 순간에 로봇 하나를 파괴하면서 동점이 되었다. 점수는 무려
9:9였다.

다른 경기도 팽팽했다. 치열한 난타전이 벌어지긴 했지만, 공격 일변도
는 아니었다. 수비도 적절하게 하면서 공격을 하였기에 점수는 덜 났다.
마지막에 A가 1점 앞섰는데 막판에 B가 운 좋게 공격에 성공하면서 5:5
로 끝났다.

A와 연산균은 승점이 같았다. 득실 차도 0으로 같았다. 만약 득점이
똑같았다면 승자 승 원칙에 따라 A가 2등이었을 텐데 연산균이 1점을
더 득점한 덕분에 연산균이 2등을 차지했다. 경우의 수 ⑤번이 이루어진
것이다. 연산균과 나우스는 손을 붙잡고 방방 뛰면서 좋아했다.

참가자	승점	승	패	비김	득실차	득점	실점
A	4	1	1	1	0	15	15
B	1	0	1	2	−1	13	14
C	5	1	0	2	+1	21	20
연산균	4	1	1	1	0	16	16

미지수지는 지겨워서 더는 견디기 힘들었다. 잠깐 가게를 구경하다가 밖으로 나왔다. 아무 생각 없이 이곳저곳 돌아다니는데 딱히 구경하고 싶은 데가 없었다. 접속을 끊고 나가는 게 좋겠다는 결정을 내린 미지수지는 메타버스 연결을 끊을 수 있는 '접속통로'로 향했다. 다시는 오고 싶지 않은 곳이긴 했지만, 바로 그렇기에 천천히 걸으며 구경했다. 접속통로에 거의 다다랐는데 몇몇 사람들이 커다란 화면 앞에 모여서 웅성거리는 모습이 보였다. 화면에는 조금 전까지 갇혀 있었던 공연장이 모래강 블랙홀로 빨려드는 영상이 나왔다. 뉴스*AI*는 공연장이 소행성과 충돌한 뒤에 우주에서 추락했다고 전하며, 믿을 수 없는 사건이라고 놀라워했다. 그러면서 우주 메타버스에 심각한 버그가 존재할지도 모른다는 경고를 했다.

미지수지   무슨 일이 벌어졌는지 알지도 못하면서….

미지수지는 자신도 모르게 중얼거리면서 '접속통로'로 들어가려고 했다. 그러다 익숙한 얼굴에 눈이 번쩍 열렸다.

미지수지　　저 사람이 저기 왜 나와? 그리고… 뭐? … 영웅!

　뉴스AI가 인터뷰를 하는 아바타는 바로 그 매니저였다. 뉴스에서는 그 매니저가 팬들을 구하기 위해 소멸될 위험을 무릅쓴 영웅담으로 꽉 차 있었다. 언뜻 들어도 말이 안 되는 영웅담이었지만 뉴스AI는 의문을 제기하지는 않고 매니저를 띄워 주기에 바빴다. 어떤 일이 벌어졌는지 황금비에게 대충 듣기는 했지만, 매니저와 관련한 얘기는 듣지 못했기에 미지수지로서는 놀라고 화가 났다.

　꽉 쥔 주먹이 부들부들 떨리는데 옆에 있던 아바타가 거칠게 치고 지나갔다. 안 그래도 화가 난 미지수지는 버럭 소리를 질렀다. 그 아바타는 잠깐 미지수지에게 눈길을 주더니, 미안하다는 듯 손을 슬쩍 들고는 제 갈 길을 갔다. 미지수지는 뭐라고 따지려다가 손목에 새겨진 문신을 보고 입을 꾹 다물었다.

미지수지　　분명히 X자 문신이었어. 피타고X 부하들에게서 봤던 바로
　　　　　　그 문신이 분명해.

　미지수지는 '수렴구멍'에 빠졌다가 꺼내졌을 때를 떠올렸다. 두레채에서 정신을 잃고 쓰러졌다가 제정신을 차리고 보니 배 위였다. 상황이 어

떻게 돌아가는지 헤아리지 못했지만 피타고X 부하들의 손목에 새겨진 X자 문신은 똑똑히 보았다. 까맣게 잊고 지냈는데 X자 문신을 보자 그때 기억이 갑자기 떠오른 것이다.

미지수지는 다급하게 고난도와 황금비를 찾았다. 그러나 둘은 이미 접속을 끊고 나간 뒤였다. 어쩔 수 없이 나우스와 연산균에게 내부통신망으로 급히 연락했다.

미지수지	지금 당장 나와.
나우스	무슨 소리야? 모둠장 님이 마지막 경기에서 비기기만 해도 16강 진출인데…. 확률형 아이템을 뽑으려고 돈도 지불했어. 지금 뭘 고를지 의견을 나누는 중이야.
미지수지	지금 그럴 때가 아니야. 피타고X 부하를 발견했어.
나우스	피타고X 부하를? 고난도와 황금비에게는 연락했어?
미지수지	둘 다 접속을 끊고 나갔어.
나우스	여기서 포기하면 아까운데….
미지수지	지금 그게 중요해?

미지수지가 짜증을 내자 나우스는 하는 수 없이 가겠다고 했다. 연산균이 투덜거리는 소리가 들렸지만 무시하고 미지수지는 통신을 끊었다. 피타고X 부하는 느리게 걸었다. 목적지를 향해서 걷는지, 어떤 대상을 찾는지, 아니면 그냥 구경하며 돌아다니는지 분명치 않았다.

08. 우승할 확률과 새로운 음모

: 확률 :

미지수지에게 연락을 받기 직전에 나우스와 연산균은 한창 논쟁을 벌이는 중이었다. 확률형 아이템 구매를 두고 벌이는 논쟁이었다. 32강에 진출한 연산균은 마지막 대결에서 무승부만 거둬도 무조건 올라가는 유리한 상황이었다. 패배하면 무조건 탈락이 아니라 점수 차이와 상대편 결과에 따라 운이 좋으면 16강에 진출하는 경우의 수도 있었다. 그런데 마지막 조별 경기를 앞두고 확률형 아이템을 뽑을 기회를 모두에게 준다는 공지가 떴다.

기회는 단 한 번이고 딱 한 곳에만 돈을 걸고 뽑을 기회가 주어졌다. A부터 T까지 총 20곳 중 한 곳을 선택해서 돈을 걸고 아이템을 확률로 얻는 방식이었다. 아이템마다 확률은 다 다른데, 어떤 확률로 나오는지는 모두 공개되어 있었다. 아주 예전에는 확률을 공개하지 않아서 사회 문제가 된 적도 있었는데, 메타버스가 대세가 되면서 게임에서 확률형 아이템을 뽑을 확률이 무조건 공개되도록 규칙이 마련되었다. 있으나 마나 한 아이템은 확률이 높았고, 게임을 확실하게 유리하게 하는 아이템은 확률이 낮았다. 만약에 뛰어난 아이템을 얻기만 하면 앞으로 게임에서 아주 유리한 위치를 점할 수 있었다.

그런데 연산균과 나우스는 어떤 아이템에 투자해야 하는지를 두고 의견이 엇갈렸다. 둘 중 하나를 선택한다는 데까지는 의견이 모였는데 둘 중 무엇을 선택할지를 두고 격론이 벌어졌다. 나우스는 타격력이 1,000점 증가하는 아이템을 추천했지만, 연산균은 타격력이 300점 증가하는 아이템에 투자하려고 했다. 타격력이 증가하는 정도만 보면 나우스가 고른 아이템에 투자하는 게 맞았지만, 문제는 아이템이 나올 확률[42]이었다.

나우스	타격력이 무려 1,000점이나 높아지는데 왜 선택 안 해요?
연산균	아이템이 걸릴 확률이 $\frac{1}{20}$밖에 안 되니까 그렇지.
나우스	타격력 300점짜리도 어차피 확률이 $\frac{1}{3}$밖에 안 돼요.
연산균	그래도 $\frac{1}{20}$보다는 훨씬 높잖아. 스무 가지 확률형 아이템

---

42 확률.
어떤 사건이 일어날 가능성을 나타낸 수. 확률(p)이 전혀 없으면 0, 무조건 일어나면 1이다. 따라서 확률은 $0 \leq p \leq 1$이다. 확률은 수로 나타낸 각각의 사건이 일어날 가능성이 같을 때, '특정한 사건이 일어날 수 있는 경우의 수(a)'를 '일어날 수 있는 모든 경우의 수(n)'로 나눈 값이다. ($p = \frac{a}{n}$)

중에서 가장 높은 확률이야.

나우스 타격력 1,000점은 확률이 $\frac{1}{20}$인데 타격력은 월등해요. 만약에 경쟁자가 1,000점을 획득하면 승부는 끝났다고 봐야 해요.

연산균 타격력 300이 증가한 경쟁자를 만나도 불리해지기는 마찬가지야.

나우스 불리해지긴 하지만 무조건 지지는 않아요. 그렇지만 타격력 1,000점이면 승부는 보나 마나죠.

연산균 나는 $\frac{1}{20}$밖에 안 되는 확률에 걸고 싶지 않아. 그건 도박이야.

나우스 $\frac{1}{3}$도 어차피 도박이에요. 확률이 낮은 건 마찬가지라고요.

연산균 무슨 소리야. 거의 7배 가까이 차이가 나는데.

그때 미지수지에게서 연락이 왔고, 미련이 크게 남았지만 연산균은 모자와 경기를 포기하고 밖으로 나왔다. 미지수지를 만나서 피타고X 부하를 미행하면서도 연산균과 나우스는 조금 전에 벌였던 논쟁을 이어갔다. 피타고X 부하가 작은 가게에 들어가서 물건을 고르는 중이었기에 미행하는 긴장감이 떨어진 상황에서 미지수지는 어떤 논쟁인지 자세히 설명을 들었다. 잠시 고민하던 미지수지가 의견을 밝혔다.

미지수지 나라면 타격력 300점 증가에 확률 $\frac{1}{3}$을 택하겠어.

연산균   거 봐. 내 말이 맞잖아.

나우스   타격력 1,000점이면 승부가 기우는데 왜 그 좋은 아이템을 얻을 기회를 포기해?

미지수지   기댓값이 낮으니까.

나우스   기댓값이라니?

미지수지   어떤 선택을 할 때는 기댓값이 높은 쪽을 택하는 게 좋아. 기댓값은 '어떤 확률을 지닌 사건을 무수히 반복했을 때 평균으로 기대하는 값'이야. 기댓값은 '사건이 벌어졌을 때 얻는 이득×사건이 벌어질 확률'로 계산해.

연산균   그러면 타격력 1,000점에 확률이 $\frac{1}{20}$이면 기댓값이 50점이네. 타격력 300점에 확률이 $\frac{1}{3}$이면 기댓값이 100점이고. 전자는 기댓값이 50점, 후자는 기댓값이 100점이니 두 배나 높은 쪽을 선택하는 게 맞아.

나우스   그렇다고 기대한 대로 꼭 그 값이 나오라는 보장은 없잖아?

미지수지   물론 그렇지. 어디까지나 확률이니까.[43]

---

43   확률의 의미.
     확률은 결정론이 아니다. 동전 던지기를 하면 앞면과 뒷면이 나올 확률이 $\frac{1}{2}$이다. 그렇다고 두 번 던지면 반드시 앞면과 뒷면이 한 번씩 나온다는 뜻이 아니다. 동전 던지기에서 확률이 $\frac{1}{2}$이란 의미는 한 번 동전 던지기를 했을 때 앞면과 뒷면이 나올 가능성이 $\frac{1}{2}$로 동일하다는 뜻이며, 수없이 많은 사건이 벌어지면 실제 결과가 $\frac{1}{2}$에 근접해서 나온다는 의미이다. 즉 '같은 조건 아래에서 실험이나 관찰을 반복할 때 어떤 사건이 일어날 상대도수가 일정한 값에 가까워지면 이 일정한 값을 사건의 확률이라고 부르는 것이다. 수학에서 확률은 계산을 통해 예상한 값일 뿐이며, 무수히 반복하면 그 값에 가까워지는 결과가 나타난다.

나우스	난 운이 좋아. 타격률 1,000점을 선택했으면 분명히 아이템이 뽑혔을 거야.
미지수지	그런 걸 근거 없는 자신감이라고 하지.
나우스	근거 없는 자신감이 아니야. 나는 찍기 실력이 좋아.
미지수지	그냥 어쩌다 운이 좋았을 뿐이야. 무수히 반복하면 결국 확률로 계산한 값에 가까이 가게 돼.

피타고X 부하는 가게에서 한참 동안 나오지 않았다. 그자는 이것저것 만지면서 나올 낌새를 보이지 않았다. 오랫동안 셋이 같이 가게 안을 들여다보면 의심을 살 가능성이 있기에 서로 돌아가면서 살피기로 했다. 먼저 나우스가 감시를 하고 연산균과 미지수지는 조금 떨어진 데로 이동했다.

연산균	이럴 줄 알았으면 경기를 다 하고 올걸.
미지수지	이렇게 될 줄 몰랐잖아요.
연산균	아주 특별한 모자였단 말이야. 그런 모자를 얻을 기회를 다시 얻기는 힘들 텐데.
미지수지	어차피 이길 가능성은 낮았어요.
연산균	그건 모르지. 운이 좋으면 우승도 가능했어. 32강 조별리그에서는 비기기만 해도 올라갔단 말이야.

계속 달래려던 미지수지는 연산균이 지나치게 징징대자 정색을 하고 따지고 들었다.

미지수지   우승할 확률이 얼마나 되었다고 생각해요?

연산균   글쎄, 한 20%나 30%쯤….

미지수지   그렇게 어림으로 대충 올려 붙이지 말고 정확히 계산해 봐요.

연산균   우승 확률을 어떻게 계산해? 결과는 붙어 봐야 알지.

미지수지   마지막 조별 경기에서 비기거나 이기면 올라가니 $\frac{2}{3}$ 라고 해요.

연산균   내가 이길 확률이 더 높긴 했지만 뭐 그렇다고 해.

미지수지   16강에서 이길 확률 $\frac{1}{2}$, 8강에서 이길 확률이 $\frac{1}{2}$, 준결승에서 이길 확률 $\frac{1}{2}$, 마지막 결승에서 이길 확률 $\frac{1}{2}$이죠.

연산균   그걸 어떻게 계산하는데?

미지수지   16강에서 이겼다고 해서 8강도 이긴다는 보장은 없어요. 그러니까 각 경기에서 승리하는 사건은 서로 영향을 주고받지 않아요. 16강에서 이기고 8강에서도 이겨야 하니까 '그리고 (and)'로 이어져요. 그러니까 각각의 확률을 모두 곱하는 게 맞아요.[44]

연산균 $\frac{2}{3}$ (조별 경기)$\times\frac{1}{2}$ (16강)$\times\frac{1}{2}$ (8강)$\times\frac{1}{2}$ (준결승)$\times\frac{1}{2}$ (결승)을 하면 $\frac{2}{48}$이니까… 약분하면 $\frac{1}{24}$이네.

미지수지   대략 4%네요.

연산균   2등이나 3등을 해도 모자를 탈 수 있었어.

미지수지   2등은 준결승에서 이겨야 하고, 3등을 하려면 준결승에서
는 지더라도 3·4위전에서 이겨야 하니까 최소한 4번은 이겨
야 해요. 그러니까 모자를 탈 확률은 $\frac{1}{12}$이고, 계산하면 대
략 8.3%네요.

연산균   칫, 내 실력이면 우승 확률이 더 높았어.

미지수지   고집부리지 마요. 10%도 안 되는 확률인데 마치 뭐든 다 될
것처럼 말하는 걸 허세라고 해요.

연산균이 입을 씰룩이면서 따지려는데 나우스가 다급하게 연락했다.

나우스   그자가 아이템을 잔뜩 사서 나왔어. 아까와 달리 엄청 빠르

---

44 확률의 계산 : 경우의 수 계산과 거의 동일하다.

① 곱의 법칙 : 두 사건이 서로 <u>영향을 주고받지 않을</u> 때 적용한다. 두 사건이 *and*(그리고)로
이어진다. A사건은 확률이 *a*이고, B사건은 확률이 *b*인데, 서로 영향을 주고받지 않는 A
와 B가 일어날 확률은 *a×b*이다.

(예시) 주사위와 동전을 던졌을 때 주사위 짝수와 동전의 뒷면이 동시에 나올 확률은?
주사위에서 짝수가 나올 확률 $\frac{1}{2}$, 동전에서 뒷면이 나올 확률 $\frac{1}{2}$.
확률 계산 : $\frac{1}{2} \times \frac{1}{2} = \frac{1}{4}$

② 합의 법칙 : 두 사건이 <u>서로 영향을 주고받을</u> 때 적용한다. 두 사건이 *or*(또는)로 이어진
다. A사건은 확률이 *a*이고, B사건은 확률이 *b*인데, 서로 영향을 주고받는 A와 B가 일어
날 확률은 *a+b*이다.

(예시) 한 개의 주사위를 던질 때 3의 배수 또는 5의 배수가 나올 확률.
3의 배수가 나올 확률 $\frac{1}{3}$, 5의 배수가 나올 확률 $\frac{1}{6}$
확률 계산 : $\frac{1}{3} + \frac{1}{6} = \frac{1}{2}$

게 걸어. 목적지를 향해 가나 봐.

미지수지와 연산균은 논쟁을 멈추고 재빨리 피타고X 부하를 뒤쫓아 갔다. 한참 미행하는데 갑자기 피타고X 부하가 뒤를 돌아봤다. 셋 다 화들짝 놀라서 딴청을 부렸지만 꽤 어색한 몸짓이었다.

미지수지	이렇게 미행하다가는 들키겠어.
나우스	머리를 쓰자.
연산균	어떻게 하려고?
나우스	서로 교대로 미행을 하는 거야. 내부통신을 열어 놓고 일정한 거리마다 교대로 뒤를 쫓는 거지. 그러면 우리가 미행하는지 모를 거야. 미행하는 사람은 위치를 계속 알려 주고.
미지수지	좋은 방법이야.

셋은 피타고X 부하를 교대로 추격했다. 한 명이 뒤따르다 의심을 받을 만하면 다른 사람으로 교대를 하며 미행을 이어갔다. 들킬 뻔한 순간도 있었지만 그럴 때마다 교대하면서 위험을 피했다. 그런데 막다른 길에서 미행하던 연산균이 잠깐 실수로 갈림길에서 피타고X 부하를 놓치고 말았다.

연산균	놓쳤어. 어떡해?

미지수지	실수하면 어떡해요?
연산군	미안해. 들킬까 봐 거리를 두다가 그만….
미지수지	실수할 게 따로 있지.
나우스	다그쳐서 뭐 하겠어. 모둠장 님 두 갈래가 어떤 길이죠?
연산군	그러니까 여기가 중립지대와 전투지대의 경계 지점인데, 왼쪽은 중립지대고 연립주택이 들어선 곳이야. 오른쪽은 중립지대 밖으로 빠져나가는 길이야. 전투지대 쪽은 옛날 역사책에서나 보던 판자촌이야.
나우스	어디로 갔을 가능성이 클까요?
연산군	그걸 내가 어떻게 알겠어.
미지수지	판자촌으로 가요.
연산군	그러다 짐작이 틀리면 어떡해?
미지수지	그쪽으로 갔을 확률이 더 높을 거예요. 머뭇거리다 이도 저도 안 돼요. 일단 빨리 가요. 우리도 뒤따라갈 테니.

연산군은 미지수지가 선택한 길로 뛰어갔다. 길이 구불구불했지만 갈림길이 없어서 망설이지 않아도 되었다. 정신없이 구부러진 길을 가는데 피타고X 부하가 주위를 두리번거리다 어떤 낡은 판잣집으로 들어가는 게 보였다.

연산군	수지야. 네가 맞았어. 조금 전에 어떤 집으로 들어갔어.

미지수지   기다려요. 너무 가까이 가지 말고.

미지수지와 나우스는 서둘러 연산균이 기다리는 곳으로 갔다.

나우스   그나저나 어떻게 확신했어?

미지수지   말했잖아. 확률이 더 높다고.

나우스   그러니까 확률이 더 높은지 어떻게 알았냐고.

미지수지   피타고X 부하가 별로 필요해 보이지도 않는 아이템을 잔뜩
            샀다는 말은 어떤 목적이 있다는 뜻이야. 그런데 중립지대
            는 감시가 심하고 작은 변화도 바로 관리AI가 감지해. 그렇
            지만 전투지대는 무슨 짓을 꾸며도 괜찮아. 전투행성에서는
            모든 게 허용되니까. 그럼 피타고X 부하가 어떤 일을 꾸미기
            에 어느 쪽이 가능성이 클까?

나우스   당연히 전투지대지. 음, 확률이 높은 쪽을 택하는 것과 기댓
            값이 높은 쪽을 선택하는 것은 같은 원리구나.

미지수지   너도 맨날 운 좋다고 확률 낮은 선택을 함부로 하지 마. 확
            률은 예외가 없어.

나우스는 뭐라고 반박을 하려다 입을 다물었다. 연산균과 합류한
뒤에 일행은 조심스럽게 판잣집을 향해 다가갔다. 판잣집에서는 부산한
움직임이 느껴지긴 하는데 대화를 나누는 소리는 들리지 않았다. 귓속

말로 대화를 나누는 듯했다. 침묵 속에서 긴장이 짙게 내리눌렀다.

그렇게 30분이 흐른 뒤, 판잣집 전체가 가늘게 떨렸다. 위태롭게 걸려 있던 유리창이 마당으로 떨어지며 산산이 부서졌다.

미지수지　맙소사! 저 사람은 피타고X야.

나우스　저 거울은 도대체 뭐지?

작은 방구석에 꽤 큰 거울이 걸렸는데, 거울 안에서 검은빛이 소용돌이쳤다. 피타고X가 먼저 거울 속으로 사라졌고, 뒤를 이어 부하들도 한 명씩 들어갔다. 모두 사라지자 소용돌이가 점점 줄어들었다.

미지수지　회오리가 없어지기 전에 우리도 가자.

연산균　저기로 들어가면 어디로 가는 줄 알고?

미지수지　그게 어디든 저자들을 놓칠 수는 없어.

나우스　이건 위험할 확률이 높은데….

미지수지　위험해도 선택해야 할 때가 있는 거야.

미지수지는 나우스와 연산균이 동의할 때까지 기다리지 않고 거울 속으로 뛰어들었다. 미지수지 아바타가 검은빛으로 빨려들면서 사라졌다.

나우스　조금 전에는 높은 확률을 선택해야 한다고 그리 강조하더니…. 휴, 정말 대책 없이 구네.

나우스는 입을 삐죽 내밀더니 미지수지 뒤를 따랐다. 연산균은 마지막까지 망설이다 황금비와 고난도에게 짧은 문자를 남기고는 조심스럽게 거울에 손끝을 댔다. 손끝이 살짝 닿았을 뿐인데 강한 흡입력이 아바타 전체를 빨아들였다. 꿈에서 절벽에 떨어졌을 때처럼 감각이 쑥 꺼지더니 오감이 뒤죽박죽 엉켰다.

모두가 사라진 방, 털실 뭉치가 거울 밖으로 굴러 나왔다.

※ 이야기는 수학탐정단 시리즈 5권(중학교 3학년 1학기 수학)으로 이어집니다.

수학탐정단과 피타고라스